老照片

温情系列

我的父亲

《老照片》编辑部 编

山东画报出版社
济南

图书在版编目（CIP）数据

我的父亲 /《老照片》编辑部编. —济南：山东画报出版社，2018.6（2023.6重印）
（《老照片》温情系列）
ISBN 978-7-5474-2735-4

Ⅰ.①我… Ⅱ.①老… Ⅲ.①回忆录—作品集—中国—当代 Ⅳ.①I251

中国版本图书馆CIP数据核字（2018）第068371号

WO DE FUQIN
我的父亲
《老照片》编辑部编

责任编辑 冯克力 赵祥斌
装帧设计 王 芳

主管单位 山东出版传媒股份有限公司
出版发行 山東畫報出版社
社 址 济南市市中区舜耕路517号 邮编：250003
电 话 总编室（0531）82098472
市场部（0531）82098479
网 址 http://www.hbcbs.com.cn
电子信箱 hbcb@sdpress.com.cn
印 刷 北京科普瑞印刷有限责任公司
规 格 140毫米×203毫米 32开
8印张 111幅图 120千字
版 次 2018年6月第1版
印 次 2023年6月第3次印刷
书 号 ISBN 978-7-5474-2735-4
定 价 25.00元

写在前面的话

1996 年底，山东画报出版社的《老照片》丛书一经面世，即以别开生面的图书样式、回望历史的新颖视角，受到读者的广泛欢迎，并引发了风靡全国的“老照片文化热”。《老照片》的成功出版，开启了中国出版业的“读图时代”，相继被业内权威媒体评选为：新中国出版业五十件大事；1978—1998 二十年难忘的书；改革开放 30 年来最具影响力的 300 本书；共和国 60 年 60 本书。

作为一种陆续出版的丛书，《老照片》以“定格历史、收藏记忆”为己任，至 2018 年 4 月，已出版了 118 辑，共刊出各种历史照片一万余幅，相关的文字一千万余言，从一个独特的视角，为百多年来中国人的生存与发展，留下了一份形象而鲜活的记录。《老照片》出版20余年来，这些带有个人记忆温度的文章受到大众读者的喜爱，年长的读者借此印证经历过的历史，回忆过往的岁月。而青少年读者借此从中国社会的变迁中，仰望历史的星空，感受普通民众细腻的家国情怀。

为此，《老照片》编辑部编辑了这套温情系列图书：《我的父亲》《我的母亲》《我的老师》《一封家书》，共四种。其中有些文章从已刊《老照片》中精心挑选适合青少年读者阅读的温暖篇章，文字质朴平实，感情自然真挚。还有一些文章，按照《老照片》的一贯格调，另约稿、辑录了众多名家的作品。如《一封家书》收录了傅雷《写给儿子傅聪的信》、曹文轩《爸爸愿意哄着你长大》等表现父爱的书信；也收录了林薇《写给儿子的两封信》表现母爱的信札，这也是林薇之子、作家止庵首次授权出版。《我的老师》收录了汪曾祺《沈从文先生在西南联大》，这篇文章选自本社出版的《我在西南联大的日子》。

在《老照片》陆续出版20年之余，我们冀望与更多的青少年读者一起成长，通过共同翻看《老照片》，开阔阅读视野，增长人生阅历，增添人文情怀。

我们期待这套温情系列，为每位读者开通一条重温往事的时光隧道，大家在历史时空的穿梭中，向美好的回忆致敬，并从中领略人生旅途中的不同风景。

山东画报出版社《老照片》编辑部

2018年5月

目 录

回忆父亲朱培德

朱维亮

我的父亲朱培德（1889—1937），字益之，原属滇军，后率部参加孙中山领导的广东革命政府，1925 年出任国民革命军第三军军长，参加了北伐战争，后历任江西省政府主席、国民政府参谋本部参谋总长、军事委员会办公厅主任等职，1935 年被国民政府授予最高军衔，成为五位陆军一级上将之一（其他四位是何应钦、张学良、阎锡山、冯玉祥）。他曾致力于对日作战的准备工作，却于 1937 年全面抗战爆发前五个月辞世。当时我十六岁，对他的许多事情已有很深的记忆。

父亲身材中等，但却给人“魁梧”的印象。平时不轻易发怒，偶有怒意时，即使不扬声也使人感到“雷霆万钧”

之威。他不喜欢官场的习俗。初到南京参谋本部时，他发现每次进出大门，总有卫兵列队迎送，还有军乐队在大门内演奏。几天后，他就下令取消了此类仪式。再如，他乘火车出行，常有政府官员去火车站迎送。父亲在国府会议上力倡简仪，这些旧俗遂被革除。

父亲的阅读范围很广，从中国史、诗、散文到有关欧、日、美近代政治、社会、民情的资料，皆有涉猎。他读书时，身边带着两本小手册，一本录下较重要的内容或心得，另一本选录有意义的字句。周末我从学校回家时（当时我住

图1 北伐前夕，父母摄于广州照相馆。回形藤椅大概是当时的“情侣座”。

读于金陵中学），他常向我讲解读书心得或特别欣赏的词句。商务印书馆发行“四库全书”选集时，父亲买了一套精装本，藏在三个特制的大书柜内，说等打完“大战”后退休回家从头读起。可惜，父亲所有藏书、笔记均在1937年日军攻占南京时与住房同被焚毁。

父亲晚年开始对宗教发生兴趣。他带兵征战十几年，见每次战后，都有许多青年遭受伤亡的痛苦，总觉得自己负有直接或间接的责任，导致他试图从宗教中寻求解脱。曾跟随他多年的参谋长黄实亦因此成为虔诚的佛教徒。经黄的介绍，父亲开始对佛教发生兴趣。起初自己选读经书，也曾去南京近郊佛寺与较知名的住持高僧研讨几段经文。1935年，父亲在家中阁楼特设小间，作为他研究佛理的“静室”。他曾几次对我讲授佛教理论及佛教在印度及中国发展的史迹，等等。

父亲平时居家平易俭朴，但在外交场合，非常注意中华大国的庄严和体面。为此，他特请一位曾留学剑桥大学的先生来鼓楼家中教习英语，讲授欧洲文化、历史、礼仪，母亲有时也在旁同学英文。1936年，父亲为翌年准备代表中国出席英皇加冕大典，特制了一套陆军一级上将的大礼服和几套西服，研习宴席上的礼节，并与母亲同习交际舞。

在日常生活方面，他教导我们生活要俭朴，居家要勤俭。衣服有破洞时，补好再穿，但要干净；不滥用纸张，须用两面写；每餐要想到农人种植辛苦。“一粒米，一滴汗”，碗内不能剩饭。他要求我们平日起居大小事要自己做，待仆人如家人。

我幼时在中央大学附属实验小学读书，十一岁时就可按成绩毕业升入初中。我的级任导师张箴华先生觉得我成绩虽好，但年纪尚幼，还不够成熟，最好再留校一年，为此他认为有必要和家长面谈。父亲得信后，立即约好时间，那天，父亲着灰布长衫单独赴校，由我带至张老师处，我在室外等候，两人谈了将近一小时。告辞时父亲向老师恭敬道谢。返家的路上，父亲说他完全同意老师的见解，要我对老师提出的弱点下功夫改进。

我少年时曾希望将来能进空军军校学习。父亲不赞同。他说军人是个破坏性的职业，他一个人就够了，下一代应从事建设性的事业。他生平注重农业，用他想象中的“新食物”鼓舞我们：此种食物能自殖，不需施肥，不怕干旱，大大减少农人的操劳和风险；富有营养，每天只需食用少许就可保证健康。1934 年前后，他在南京市内紫竹林买了一块地，在专家指导下种了几百株果树，准备将来与学习农技的子侄们一同研究果树改良。抗战胜利后，有两位农科毕业的堂兄在此筹办试验农场。受父亲的影响，我们这

图 2 1935 年在庐山牯岭所拍的全家福。当时家中已有八个孩子。

一辈的朱家子弟，后来大都学习农科与工科。

长年的军旅生涯，使父亲患了胃病。北伐后期，胃症加重，医嘱须静养。他曾数次呈请国府准许暂退休养，未蒙允准。1929 年迁入南京后，他便注意体育锻炼。尤其是九一八事变后，他负责对日作战的筹划，知道中日间必有一场恶仗，曾向母亲说中国将要打一场事关民族存亡的大战，自己必须赶快壮健起来，蓄有足够的精力去打这场战争。他锻炼的方法较多，如网球、高尔夫球、骑马、狩猎、游泳。

父亲有时感精力不济，医生嘱每周注射葡萄糖液两次。

图 3 父亲在家练习网球时，母亲有时在旁观看。两人在着装与姿态上有很大的反差。

1937 年 2 月 14 日，父亲按期注射。次日参加国民党五届三中全会，并与大家一同谒中山陵，返家后就感不适。当日我母亲去上海“避寿”，次晨方返家。父亲当晚病体难眠，夜半起床，上阁楼静室造句写字（他有用造句学习的习惯），以苏病体。潦潦数十字虽是带病随意写的，看起来很简单，却自然流露出他内心一贯的真情，体现了他对儿女、父母、国家的感情，对个人修养的要求，从一个方面反映了他的人生信条。父亲的遗墨如下：

盖　天冷夜晚睡觉要盖被盖

养　父母养育我，我要孝顺父母，方能报父母之恩

吹倒　根深蒂固的大树不怕风吹倒，广土众民的中国日本把他无奈何

吹断　一个人失了自信力，就像吹断线的风筝一样，永无自立的时候

讲　无益于身心修养的话不可多讲，有损他人名誉的话切不可讲

旗　国旗就是代表国家，我们把国旗看得十分的尊敬

会　现代的国民要会用武器来保护国家，才会受人们的尊敬

怕　我怕无能力，我怕受耻辱，我不怕到战场去拼命

放进　不要让敌人（日本）的势力放进国里来

渐渐　我们的国家渐渐富强了，我们准备着去收回我们一百年来失掉的土地和人民

急煞　觉得学问没有大进步而光阴则一天一天过去了，真是急煞

16 日，父亲病情加重，左臂注射处开始红肿，17 日晨红肿开始上延。医生见后甚惊，立即迁父亲入鼓楼医院，化验后发现血中有前所未见的大量链球杆菌。当时医药界尚无有效的疗法。傍晚前父亲病情转剧，红肿延至胸部，生脓液，疼痛不堪。医生决定孤注一掷，试用开刀割治。开刀后，父亲就昏迷不醒，弥留至晚 12 时左右辞世。

浅忆父亲陈方济教授

陈方权

我们家复姓“陈方”，世居浙江海宁长安镇。我的祖父陈方镛在海宁的硖石镇上置有一处不大的房舍，父亲是独子，1891 年出生。父亲儿时应该是在硖石度过的，他什么时候外出求学，我是无从知晓了。但我从网上查到，1916 年到 1918 年期间，父亲在苏州农校被派往日本留学，那时父亲二十五岁左右。记得父亲说过，五四运动那年，他正好在日本，为了抵制卖国的“二十一条”，他和许多中国留学生一起回国，后来又去日本继续完成学业。父亲的专业是农业化学，我在父亲留下的一本民国二十三年（1934）八月编印的《中国科学社社员分股名录》中，看到父亲的名字被归入“物资科学组下属化学股”。其时，

图 1 1935 年的父亲。

父亲在中央大学农化系任教授。父亲主要的研究课题属土壤肥料学范畴。我在网上查到，中华农学会是 1917 年 1 月在上海成立的，父亲是第一批会员。父亲 1927 年到上海中华农学会工作，直到 1949 年。父亲曾先后在苏州农校、金陵大学、中央大学任教，为师也长达二十余年。

我在 1943 年的冬天随母亲许苹南到重庆，才第一次见到我的父亲陈方济，那时我已经六岁零三个月了。现在回想起来，还是对割断我们父子之情六年之久的日本鬼子恨

图2 1935年在上海。中坐者为外祖母及二姐，后立者为父母亲，前立者为大哥、二哥。

得咬牙切齿。

抗战前，父亲是南京中央大学农学院的教授，南京沦陷前夕，随中央大学西迁重庆沙坪坝。家里大人都以为日本占领不会持久，母亲带着大哥陈方梁、二哥陈方树、二姐陈方樛留在上海，寄居于外祖父家中。1937 年 8 月，我出生在上海重庆北路的一所石库门房子内。到 1943 年，胜利仍渺茫无期，外祖父遂决断让母亲携带我们姐弟入川与父亲团聚。其时，大哥已于 1939 年从上海公共租界考入中央大学航空系，先期去了重庆；二哥于 1942 年投奔在国统区浙江省政府工作的娘舅许闻渊到浙东上学，1944 年，他又随娘舅辗转到了重庆。这样，我们一家人在重庆团聚了。

在重庆，我们住在观音岩下的枣子岚垭“中华农学会”里，父亲当时任中华农学会总干事。一栋二层小楼，既是学会办公集会之地，又是来渝会员接待处，父亲借用二楼后角的两间小屋安家。

到重庆不久，父亲即安排我和二姐考入地处张家花园的巴蜀小学插班就读，我在一年级下学期班（即秋季班），二姐在三年级下学期班。巴蜀小学是 1933 年由曾任四川省主席的王缵绪创办的，当时是重庆最好的私立小学。很凑巧，学校离中华农学会只隔一条山沟，我们上学很方便。我在那里读了两年半。我记得每到暑假，父亲就叫我到他的办公室坐在他的旁边写毛笔大字，有时还手把手地教我运笔，还辅导我学写作文和日记。

父亲每个星期都要去中央大学上课，有时也带我去那里感受一下战时校园的气氛。当时我的大哥在中大航空工程系当助教，我去过他们系的实验室，那里有一个木制的操纵飞机的模拟器，我特别感兴趣。父亲还带我去过农林实验场，参观生产饼干的作坊。父亲还带我们看过两次话剧，一次是吴祖光的《风雪夜归人》，另一次是曹禺的《原野》。我想，父亲是想让我很自然地感受一种现代的文化氛围。

在重庆，父亲常带我们到大姐陈方蕴家去过周末。大姐家在朝天门附近热闹的打铜街上，他们租住的房间没有朝外的窗户，白天也要开着电灯。战乱时期，一家人还能经常团聚，想起来十分美好。姐夫张维廉在银行工作，他多才多艺，拉二胡、吹口琴、唱京戏、打扑克，都很精通。我就是那时学会了打桥牌，还学着唱《苏三起解》《四郎探母》和《空城计》。星期六晚上，姐夫和大哥会带我们去看电影，当年轰动一时的《魂断蓝桥》给我小小的心灵留下了难以磨灭的印象。重庆欢庆抗战胜利的大游行，我们也是在大姐家的楼上临街观看的。

在重庆时我们多了一个弟弟，父母为他起名陈方枢。那年父亲已经五十三岁，对弟弟的疼爱可想而知。寒暑假，

图3 1945年在重庆。坐者为父母亲，中为小弟，左为二姐，右为作者。

父母上班时，就由我们哥哥姐姐照看他，逗他玩。在山城的两年半虽然短暂，但给我留下了许多与父亲和家庭有关的温馨记忆。

1946年暑假，父母带着我们四个孩子随中央大学复员回到南京，先是住在中央大学科学馆的一间教室里。那个夏天，父母忙于安排住房和工作，再就是我们几个孩子的学业。这时，中央大学的附中、附小也回迁南京，我和二姐就考入了附小的四年级和六年级，二哥在重庆就已经是中大附中高二的学生，回南京后直接升入附中的高三。我们的学业都没有耽误。中大附小也是一所历史悠久的名校，其前身为 1902 年张之洞奏设的三江师范学堂附属小学堂，后为国立中央大学师范学院附属小学，当时的校长雷震清是一位有二十年办学经验的教育家，后来著名的斯霞老师也在我们学校。我们的许多老师都具有大学学历，我在那里一直读到小学毕业。

这期间时局较为混乱，大人们心神不定，但对我们的学习还是很重视的。暑假我们去上海探望外祖父母，外祖父许松如就亲自给我们姐弟讲解《古文观止》中的一些文章；我的四姨许韵蕖为我补习数学，也非常有效。暑假后开学，我在班上考了一次第一。不过，我的学习也就是中等水平，可父亲从来没有因为我不能名列前茅而训斥我，他还从中央大学请了一位大学生来为我当家教。

1947 年，外祖父全家到南京过农历新年，大家庭团聚，其乐融融。

1949 年夏我小学毕业，父亲那时已经有了要北上工作的预感，让我就近报考市立第二初级中学。报考时我把志愿错写为市立二中，那是离家很远的另一所中学，结果我被录取到了市立二中，父亲非常着急，正好我的同学倪保家被市立第二初级中学录取，但他父母想让他上一所私立中学，于是父亲冒着酷暑，带我们两个孩子，奔波于二中和二初中之间，为我们办理互换手续。这期间，父亲担心

图4 1947年在南京过年。中坐外祖父母抱扶两孙子；前右立作者，中立小弟，左立二姐，身后为二哥；后排左立为父亲，中立为娘舅，右立为远房表兄，中间为母亲舅母和四位阿姨。

我考不上市立中学，还带着我报考了离家较近的一所教会学校：南京青年会中学。二初中在南京鼓楼边上，是一所只有三个年级六个班的小学校，我在那里只读了一个学期。晚秋，父亲到北京工作，我们则一直等到寒假才全家北迁。

到了北京，市立中学是不招插班生的，父亲已经为我联系好北京有名的教会学校——汇文中学。这所学校学费很贵，一学期的学费需要父亲月薪的将近一半。当时我们姐弟四个都在上学或幼儿园，弟弟读的汇文一小也是有名的教会小学。我在汇文只读了一学期，就和同班同学鲁培新转学到著名的私立大同中学，这完全是自作主张，没有征得父母的同意。动机完全是因为学费，因为大同的学费不到汇文的一半。大同离家不远，但我想住校，这样能和一些要好的同学在一起。父母非常信任地同意了，那年我十四岁。

我在大同中学参加了少先队，交了几个非常好的朋友，初三又入了青年团，父亲当时正在天津出差，得信专门买了两本青年修养的读物送给我，以示鼓励。我还和高三的

图5 1949年南京小学毕业。前排右一为斯霞老师，三排左一为雷震清校长，四排右四为作者。

一些大同学交了朋友，他们影响我对文学、艺术、科学的爱好，影响我对美好社会和人生的向往和追求。

住校的那一年，同屋同学的年龄都比我大，每天早晨他们都带我长跑，我也喜欢上了锻炼身体。从那以后，我的身体越来越强壮。我小时候多病，有一年在南京，因为扁桃腺发炎，差点要了我的命。在大同中学的两年，是我求学路上最为重要的两年。

那几年，父亲在农业部工作，我们家就住在农业部的旁边，父亲经常晚上还要去办公室看报和学习，有时也带我们去机关大楼，那里有乒乓球桌可以玩。初二那年寒假，我和同学去北海看滑冰，回来向父母要了六万元（旧币），在东单旧货市场买了一双两只冰刀不一样的旧冰鞋。那时我每月的伙食费是六万六千元。记得那时母亲为了节省开支，每个月跑到离家很远的天桥市场去背油、米，就为了省下一两万块钱。

1952 年我初三毕业，同舍的四个最要好的同学都上了中专，他们大都为了早一点工作挣钱贴补家用，但我好像没有太多的犹豫就报考了普通高中，其实父母只是用非常委婉的口气对我说，他们还是十分想让我上完高中去考大学。还好，我没有辜负父母的期望，考上了市立中学。

我考上的北京市立男十一中，是崇文区第一所高初中

图 6 1956 年在北京大哥家合影。前立者为小妹及大哥的四个孩子；中排左起：二姐、大姐、父亲、母亲和怀中的外孙女、大嫂和小弟；后排左起：大哥、大姐夫、二姐夫和作者。

完全中学，建于 1951 年，据说师资来自原南开大学附中（该校抗战时期曾迁往西南，后被请回来的），所以虽然是新建学校，但师资力量很强。当年盖不起新校舍，于是就利用老百姓求药问病、停放棺材的东晓市南药王庙作为校址。那时的同学来自全国各地，不少同学和我有相似的经历，其中就有我国著名地质学家袁复礼的儿子袁鼎。

1955 年高中毕业，报考大学完全是我自己决定的。我原本想学航空，但我的班主任赵扬按规定明确告诉我，由于我的社会关系，我是不能报考航空学院的。我们那时好像觉悟都很高，也没有怨言。其次我想学的是天文，但当年北京没有一所大学有天文学系。南方的大学不让我们报，于是我就选择了与天文关系密切的数学学科，被录取到北京师范大学数学系。其实我不善于抽象思维，并不适宜学数学，当时要是多和父母、兄长们商量，我可能会选择一个更适合我的专业。不过，我从此再没有离开北师大的校园，步了父亲二十余年为师的后尘。

1956年，大哥大嫂调北京工作，我的二姐和二姐夫带女儿回京探亲，我们在大哥家有一次聚会，除二哥全家在南方未能参加外，父亲母亲和我们兄弟姐妹，还有孙辈都到了。没有想到，这竟是父亲和我们的最后一次聚会。

我上大学二年级时，父亲就病了。开始是甲状腺功能亢进，住进北大医院做甲状腺切除手术。手术做了七个小时，我陪母亲等候在手术室门口，父亲被推出来时，我见到父亲瘦得只剩皮包骨头，前肚皮贴着后脊骨，不忍入目。那年父亲六十六岁。好在手术很成功，恢复也顺利，两三个月后，父亲反而比原来要胖出许多。但到了转年春节前后，父亲的病又复发了，而且有了新的症状。4月，被确诊为白血病，这在当时根本无法可治，母亲从香港弄来了国内还没有的新药，但也无济于事，父亲在1958年4月去世，终年六十七岁。

石狮见证父子情

吴炳南

1952 年春，我随所属部队安徽军区文工团驻扎在合肥市城隍庙内。年过花甲的父亲得此消息，便急吼吼地前来探亲。

该庙始建于北宋皇祐三年（1051），有九百年历史，几经战火，屡毁屡建，城隍老爷和道教神祇龛位早已不复存在，香火已绝，但大殿与戏台尚存，庙前旗杆矗立，山门口有石狮相对。一位擅长摄影的战友，以石狮为衬景拍下这幅父子合照，为父亲探亲留下永恒的纪念。

当年庙内东西两排厢房各十几间，分别住着男女文工团员。那时实行供给制，除了伙食、被服及日常生活必需品外，每月还发给少量津贴费。父亲抵达当晚，我用津贴

父子合影。

费带他走过百多米长的沙土路到飞凤浴池为他洗去路途劳累，随手买了一包花生米、一壶小酒、几个五香蛋和一碗挂面，总共没花两块钱。一向讷口少言的父亲不无兴奋地说起：你小时候西走孤峰镇东行赤滩镇，都是我带你走八里路才洗到一次澡，哪有今天这么方便和舒服啊？

回到庙内张罗住处，何曾料到团部领导早已派人安排停当，父亲和另一位来自北方的探亲老爷爷同住一间探亲房，两张行军床铺就白垫单，崭新的绿被褥、篾壳暖瓶、搪瓷水杯等一应俱全。父亲酒兴正酣，一手捋着胡须，一边与其天南海北地神聊起来，那眼神，那形态，是作为儿子的我从未见过的。

次日中午，伙房同志忽然端着四菜一汤走进探亲房，团长许友滨（南下老干部、小提琴手兼作曲家，曾进修于中央音乐学院，后任职吉林省音乐家协会秘书长，定居长春）特地来与两位老军属共进午餐，代表组织示以关怀与慰问。饭后，父亲还告诉我一件往事：他被选为军属代表到县城开会期间，县长也亲自向他敬过一杯酒。因此，他深深感叹："我被卖给地方士绅赶过毛驴，当过小和尚扫神龛干粗活，大半辈子苦见黄连，这几年才活得有个人样……"

情到深处，无言以对，遂端详照片转移心绪，但见他长袍双肩大块补丁，跨江奔波来看儿，连件像样的衣服也没有，他说你妈认为：衣破不补才丢人，干干净净也体面。长袍胸前别着一枚小徽章，父亲说他已是中苏友协会员，县里发下来的，颇有引以为荣的感觉。

父亲顾颉刚与他祖母的合影

顾 潮

父亲出生于晚清时期的苏州城里，他自幼丧母，由他祖母抚养成人。父亲是家中的独生子，是他祖母唯一的精神寄托，祖母对他又是严厉，又是慈爱。由于家中是书香门第，祖母自然希望他能像祖上一样，从读书求功名，因此对他的学业要求极严。照片中童稚的父亲手捧一本打开的书站着，一副循规蹈矩的模样；他的祖母面带微笑坐着，身体略为倾向孙子，显得庄重而慈祥。可以说这张照片恰如其分地反映出祖孙二人的状况与心态。

父亲小时候整日被关在私塾中读书，一年中除过年放一个月假以外，只有端午、中秋两日节假。他有时想逃避这种枯燥的学习，一次天下大雨，吃过早饭他对祖母说：“今

顾颉刚和他的祖母

天雨太大了！”言外之意是路不好走，不想去相距半里多路的私塾了。可是祖母却不假思索地指着天坚决地说：“你不想去了吧，就是落铁，也得去！”这斩钉截铁的几个字，令父亲终生不忘。长大工作以后，逢到大雨时，家人在旁边劝道：“不去了吧！”而他却立刻说：“落铁，也得去！”每晚父亲临睡觉前，祖母总要检查他一天的行为。如果做了错事，像说了谎话、脏话，或和小朋友打架，贪吃点心，等等，祖母便叫他写在纸条上再贴到帐顶上，第二天睁开眼睛，第一件事就是叫他把那张纸条读几遍，表示悔过。

祖母尽管严厉，但对于孙子的饮食起居，却无一处不仔细周到；尤其是祖母很会讲故事，经常以此作为对孙子认真学习的奖励。她虽不识字，但记性极好，能把民间神话传说讲得娓娓动听，父亲日后回忆时说道：“祖母用这些动人的故事增加了我的善心，并打开了我的想象力，她高高地擎起了照亮我生命的第一盏明灯。”

由于家境并不宽裕，祖母一切节省，只有一事例外，那就是对孙子买书极为慷慨。父亲说他从小便怀着做藏书家的美梦，自十一岁后就天天出入书肆，一本一本地买回来，积少成多，他深知这些买书钱哪有一个不是他祖母从千省万省中省出来的！

祖母虽这样疼爱孙子，但不把他拴在身边，而是鼓励他到外边去见世面。当他考上北京大学时，祖母也很放心地让他前去，一班亲戚都不以为然，说："你们只有这一个孩子，为什么放他走得这样远？苏州有东吴大学，上海有圣约翰大学，哪一个不可以进呢？"祖母却很坚定地答道："男孩子是该让他出远门的。"

父亲长大后，常对人提起他的祖母，将她比作自己的恩师和慈母，他说："我的一生，发生关系最密切的是我的祖母。简直可以说，我之所以为我，是我的祖母手自塑铸的一具艺术品。"

我的父亲孔祥勉

孔令仁

孔子的后裔嫡系近支在曲阜有所谓“十二府”，但其中六府、九府、十一府从未建立，是虚的，所以“十二府”实际上只有九个府。我家属于孔八府，先严孔祥勉虽排行第四，但因他出继长伯之后，而成为八府的长房长孙。

父亲祥勉公，字士劝，生于1893年。早年就读于北京工业大学，攻电机专业。父亲大学毕业后，先在济南山东工业学堂教书，继任济南和泰安两地电灯公司的工程师，成为名噪一时的电业专家。济宁、滕县欲成立电灯公司，亦请父亲为之筹办、设计、安装，开创了这两地用电灯照明的历史。这时大哥令朋诞生，父亲给他起乳名曰“电”，这说明父亲对他从事的电机专业是十分热爱的，并希望我

图 1 父亲和母亲在天津合影，时约 1927 年。

的哥哥也能继承他的事业。

1925 年冬，因济南局势动乱，我家由济南迁至青岛。翌年，父亲应邀至天津任津浦铁路局材料科科长。等父亲站住脚后，我们也举家迁到天津。铁路上薪金较丰，所以我家在天津的生活也较优裕。然而好景不长，随着路局的人事变动，牵涉到父亲的工作，他只好辞职了。父亲离开津浦铁路局后，转到京汉铁路局，但只担任挂名虚职，并不得意。

1928 年冬，父亲应南京国民政府交通部次长李仲公之邀，到交通部任技正。所谓技正，大概相当于现在的高级工程师。随着父亲到南京任职，我们也举家迁到南京。这时外公一家也在南京，我家和外公合租了一座王府的最后一进院子。在这座王府，前面还有几进院子，每进院子都住有人，所以很热闹。我家在南京住了将近六年。

1933 年秋，朱家骅出任交通部长，他为了安排自己的心腹，排斥异己，裁撤了一批具有高级职务的人员，父亲也在被裁之列。幸亏父亲与当时任财政部长的孔祥熙有旧，乃向孔祥熙提出谋职请求。孔祥熙为留美学生，对属下的英语水平极为重视，经过英文测试，孔祥熙表示满意，遂任命父亲为中央银行总务科主任，不久又加派为中央信托局购料处副经理。因为父亲在上海上班，我们一家也迁居上海。

1937 年，八一三事变爆发，日军大举进攻上海。数日后，父亲接上级命令，要他率领中央信托局员工携带重要档案、账册等向武汉转移。经过匆忙准备，当天午夜我们一家就和信托局的二十多名员工，还带着姑姑一家，乘坐一节闷罐车一路颠簸地向南京行驶。到达南京后，本拟在外公家略作休息，孰料刚进门就听到日寇来轰炸的警报，不得不投奔备有防空洞的丁惟汾太老伯家暂避。躲过轰炸后，我们当夜就转乘江轮去了武汉。

我家只在武汉住了约两个月，1937 年 10 月又迁移到重庆，与姑姑一家同住在至圣宫 25 号。不久，外公携家眷来重庆，也和我家一起住在至圣宫。至圣宫地势很高，道路用碎石铺成，崎岖坎坷，车辆不能通行，仅有滑竿可雇用代步。孔德成和他的夫人孙琪芳曾多次来至圣宫拜访外公和父亲，都是坐着滑竿来的。

一年以后，父亲由重庆调到昆明，任昆明中央信托局经理，以后又兼任昆明中央银行经理。随着父亲工作的调动，我们全家也迁到昆明。在昆明，我家住东寺街一座名南园的荒废园子内。园子的面积很大，有多种树木、花草，还有两个潋滟的水塘。经过修整，这座荒园竟成为一座宽敞疏朗、风景宜人的田园草堂了。

1942 年夏，父亲的工作又有变动，调任中央银行业务局一等业务专员。这样，我家由昆明迁回重庆，住在领事巷。不久，为避日寇的狂轰滥炸，又在南岸黄山购了一座小楼，安置年迈的外婆和母亲、舅母及几个弟妹。每到周末，在重庆工作的爸爸和在学校读书的我们几个姐妹就过江到黄山的家里去团聚。那座小楼取名南园，建筑在山坡上，上面住的是徐堪一家，下面住的是马占山一家，彼此偶有往来。

抗战胜利后，父亲应中国实业银行董事长傅汝霖之邀，回青岛任该行经理。后又兼任农工银行代理市库总经理，并被选为青岛银行公会理事长。父亲购买青岛路 1 号楼房作居家之所，仍取名南园。此楼为一白俄所建，面积 1100 平方米，北邻当时的青岛市政府，南临黄海，风景秀丽，曾被德国人租作总领事馆之用。更难得的是，青岛路只有这一幢楼房，再无其他建筑，这就造成一个奇特现象，青岛路的门牌号只有 1 号，其他门牌号就没有了。

综观父亲的一生，他在电灯公司、铁路局、交通部、银行、信托局等单位的工作，可说都是技术性的工作，他从来没有当过官。但他从事的工作都有较高的职位，薪金也丰厚。这说明他在事业上是一帆风顺的，有成就的。父亲在事业上之所以能一帆风顺，可能得益于他是孔子的嫡系后裔，但这不是主要的，主要还是取决于他个人的水平和素质。

父亲的几个兄弟，个个聪明伶俐，只有父亲比较愚笨，但他的学习能力并不差。为什么呢？盖因父亲特别勤奋，无论做什么事都讲究“认真”两个字，他用于学习的时间比别人长，整日孜孜不倦，埋头苦读，所以他学到的东西不仅多，而且掌握得也比别人牢固。母亲曾对我说，父亲在山东工业学堂教书时，每天备课要到半夜三更，有一次为了解一道数学题，他几乎坐了一夜。当他终于解开这道数学题时，高兴得由椅子上跳到桌子上，又跑到床前摇着母亲说："我弄懂了！我弄懂了！"这时母亲才知道，为了解一道数学题，父亲竟熬了一个通宵。

我的一个表弟在西南联大读工学院时，有一次，有一道数学题费了九牛二虎之力也算不出来，坐在姑母的书房里对题发呆。父亲走到他身边，拿起题看了看，说："这道题不难，我来给你算一算。"用不了多久，父亲就把这道题一步一步地解开了。我这位表弟算是服了，以后逢人就说："四舅真厉害，毕业这么多年了，高等数学竟然一点也没有忘！"

父亲的英文也很棒。我家刚从南京搬到上海时，由于上海小学的英语课比南京早开一年，所以我的英语跟不上趟，幸亏父亲给我补习了一段时间，我的英语成绩才逐渐赶上，期终考试时在班上还一举夺魁。父亲英语好，但从不在人前卖弄，这里有个故事。有一年父亲和五叔祥选公返曲阜，族人设宴招待，五叔见在座者都是土老帽，便用英语对父亲说："饭菜量多质差，实难下咽！"父亲用英语回答："忍耐一下吧！吃不饱回去再吃。"谁料主人也用英语说："令贵客食不果腹，岂非罪过！"主人说完即令撤席，重又摆上一桌饭菜。父亲和五叔羞愧难言，尽管再三道歉，这顿饭仍是不欢而散。有了这次教训，以后父亲从不在人前谝弄英语。在昆明时，几个美国金融界人士要来访问，父亲须用英语致辞欢迎，下属怕父亲应付不了，要给他写一份英文稿子，父亲说不用了，到时他一口流利的英语，随意挥洒，应付自如，在场的人无不佩服。

由于受家庭影响，父亲在国学方面也有一定的根基，许多经籍诗文都能背得滚瓜烂熟。他有个朋友周志俊，系清两广总督周馥之孙、著名民族企业家周学熙之子，早年留学国外，回国后子承父业，也成为企业家，中华人民共和国成立后，曾任山东省政协副主席、省人大常委会副主任。父亲和他这位老朋友都是学兼中西之人，但他俩见面都很少谈外国学问，大多谈"四书""五经"，谈中国历史。话到投机处，两人往往开怀大笑，手舞足蹈，其乐融融。

1935 年，父亲和孔族族长孔昭润代表孔府到日本参加东京汤岛圣堂（即孔庙）重修落成庆典，日本名流写了许多汉文古诗赠给父亲留作纪念。父亲不善此道，无法赋诗相答，大感惭愧。他归国后决心学诗，拜诗词名家陈名豫为师，又请外公随时指点，整日平平仄仄仄平平，推敲苦吟起来。他写诗很勤奋，积累竟达一厚本。我不懂诗，对父亲的诗只记得一首他在青岛作的七绝:“碧海蓝天帆影斜，青山深处几人家。推窗欲问春消息，不见梅花见浪花。”

还有两件事，也可以看出父亲坚韧不拔的学习精神。

一是学跳交谊舞。父亲年轻时不会跳舞，及至中年在上海进入银行界，因开展业务需要联系各方人士，而交谊舞正是进行交际的必要方式，父亲下决心学跳舞，不久竟成为这方面的能手。父亲的舞姿舒展大方，有绅士风度。我们姊妹兄弟都会跳舞，就是父亲亲自教会的。

二是学京戏。青岛的京剧票友成立一个组织叫“和声社”，社长为德士古洋行经理李定丰先生。1947 年，李先生因调动工作离青岛赴沪，推荐父亲继任社长，父亲辞以不会唱京戏，但却辞不掉，只得勉强承乏。父亲第一次到和声社，大家叫父亲试试嗓子，众人一听都说适宜唱小生。从此每晚就有名琴师李长清先生来我家操琴教戏，父亲就咿咿呀呀地学起京戏来。有一年京剧大师梅兰芳和姜妙香来青岛，常来我家做客，父亲在这两位大师面前当然不敢班门弄斧，但当姜妙香听说父亲唱小生时，就非叫父亲唱一段，父亲只得唱起来。他一边唱着一边承受大师的指点教导。这成为父亲终生都感到荣耀的事。后来青岛举行京剧义演，父亲还几次粉墨登场，颇得好评。

父亲李济与丁文江、傅斯年的交往

李光谟

我的父亲李济在很多篇忆旧文章和自传式的文章里，对自己一生走上科学研究道路一事，总忘不了提到丁文江的帮助。他从 1923 年留美回国一开始，就结识了丁文江。是丁帮助他进行了第一次田野发掘，鼓励他与美国弗利尔艺术馆合作进行科学考古，促成他去清华进行研究工作和田野工作。及至丁文江后来担任了中研院总干事后，又对李济主持的殷墟发掘（尤其是第十一、十二次侯家庄大墓的发掘）拨了特殊的经费给予支持。李济在丁文江于 1936 年不幸去世后所写的纪念文字中，称丁是“一个划分时代的人……可以算是中国提倡科学以来第一个好成绩”。他对丁的怀念和崇敬，可说是终生不移的。丁文江示范给李

图 1 1935 年春，西北冈大墓，梁思永接待傅斯年、伯希和时的合影。

济的“直道而行”的为人处事原则，影响了李济整个的学术活动和他的一生。

李济在留学回国的初期，曾向丁文江指出他在昆明做过的人体测量中有些数字是错的，尽管错误很微小。丁文江据此重新核对了自己的数据，发现毛病出在自己制作的卡尺不精确。这也可以说从实际中体现了这两个朋友间的“直道而行”吧。当时的李济还只是个初出茅庐的小伙子，而丁文江已是在科学界很有名气的闻人了。

李济和傅斯年的初次见面是在1928年冬季的广州，当时李济是在再度访美归来、从欧洲乘船经香港停留时，到广州会见傅的。就在这次会晤中，两人谈得十分投契，彼此相见恨晚。李济当时就决定接受蔡元培先生的聘请，担任新成立的中研院史语所（傅斯年任所长）的考古组主任。李随即北上开封，实地考察董作宾在安阳的第一次试发掘的成果。从此，李济就一直没离开过这个学术岗位，直到五十一年后他离开人世。

傅斯年其人毕生用功于史学，同时提倡语言学、考古学、民族学，一心孜孜于寻找这方面的新材料、新知识。他在史语所成立时所说的该所的"旨趣"——"我们不是读书的人，我们只是上穷碧落下黄泉，动手动脚找东西"——一直被李济视为工作的指导。傅具有很强的组织能力和对现代学术的深切理解。他领导的工作（办研究所和办大学），都是从选拔人才和组织工作入手。他很有办法解决困难，李济称他是"克难英雄中的第一把手"。

李济在回忆起他们二人彼此间的一次交往时说道，20世纪30年代初，有一次在北平的北海静心斋史语所所址二人闲谈，傅对第一组（历史组）的午门档案整理工作的进展颇有点失望的表示（大概是受了安阳发掘的辉煌成绩的

图2 李济（左二）、董作宾（左一）、梁思永（右一）在小屯工作站欢迎前来视察的傅斯年。

刺激）。李济问他为何有此不满，傅说“没有什么重要的发现”。李济听后，有些不大懂他的意思，也许是感到他的答话不太对头，因此就有意地激他一下，反问了一句：“什么叫做重大发现？难道你希望在这批档案里找出满清没有入关的证据吗？”傅听后哈哈大笑，从此不再提这件事了。这说明两个人的话虽有点两不对账，但却把两人的想法接上了线——学术材料的价值在于它本身的可靠性，可靠性愈高，价值就愈大；安阳的材料和午门的档案具有同等的价值。

傅对李的考古组工作一向是很支持的。他知道李济不擅长也不愿意搞行政工作，所以除了建所初期请李担任过短期的副所长、抗战初期搬迁时曾请李代理过一段所务外，以后就不要李负责行政了（李济后来担任了十七年的所长，是在傅去世多年以后的事）。他们二人一生都没有太好的脾气，平时在工作中的争论、拌嘴都是常事，但从没有因此而影响他们二人一辈子的友谊。20世纪90年代的杜正胜所长在回顾前所长傅公的志业时，说了这样一段话："从现在保存的档案分析，史语所创所四巨头（笔者按：指傅斯年、陈寅恪、赵元任、李济四位）中，学术观点和发展策略与傅斯年最契合者，恐怕要推李济。"

回忆父亲张春霖

张宗海

算来父亲离开我们已近半个世纪了。当年父亲去世时，我们还只是十几岁的高中生，对于父母的关爱以为是理所当然。而到了自己长大成人，生儿育女，历经人间冷暖之后，方才体会到父母的慈爱实乃世界最珍贵的天性。在“子欲养而亲不待”的遗憾和痛心中，自己也走到了花甲之年，对父亲的回忆中更多的是对他治学精神和做人磊落的敬佩。

父亲生于1897年农历二月二十一日的河南开封。我家是镶黄旗蒙古族，原姓巴依特，祖辈是在清朝被派到河南的驻军将领，到了父亲这一代才改为汉姓“张”。父亲年幼时家境不大富裕，但他刻苦好学、诚实聪明。1918年父亲从开封师范学校毕业后，在家乡的一所小学当了几年校

图 1 父母的结婚照。

长。1922 年，他的恩师、我国著名生物学前辈秉志先生从美国康奈尔大学学成回国，在南京筹建东南大学。他听说家乡有一位聪明好学的青年，就邀请父亲到东南大学农学系，一边上学一边帮助他工作。当时父亲半工半读，生活很清苦，白天上课，晚上帮助教授抄写整理著作文稿和讲义，

图2 父亲（右）与同学在巴黎大学校园。

经常工作到深夜。毕业后，在中国科学社研究所担任助教。1928 年，父亲发表了中国人研究中国鱼类的第一篇学术论文《南京鱼类》，同年考取了官费留学，赴法国巴黎大学攻读生物学。

1928 年 9 月到 1931 年，父亲任巴黎博物馆研究员。

图3 父亲与孩子们在家门口。蹲在地上的是作者。

1930年10月，他获得了巴黎大学研究院理学博士学位，博士论文为《长江流域鲤科鱼类形态学、生物学及分类学的研究报告》。他是最早单独发表鱼类分类学论文的中国人，也是以鱼类学论文获得博士学位的第一人。在法期间，他被聘为法国巴黎博物馆研究员、法国动物学会及渔业学会永久会员。后又到英国伦敦自然博物馆工作。其后，父亲的博士导师执意要留他在法国工作，但父亲却很坚决地回国了，他说祖国此刻最需要建设人才，他要回国效力。

回国后，1931 年 7 月到 1941 年 12 月，父亲在北平静生生物调查所担任技师和动物部主任，并兼任北平中国大学、北京大学、北京师范大学、北平辅仁大学、北平中法大学讲师、教授、理学院院长等。

新中国成立后的 1950 年，父亲与陈桢、刘承钊、张玺等积极筹备成立中国科学院动物研究所。是年 10 月，动物标本整理委员会成立时，他担任委员，并负责领导鱼类部分，发起并主持中国沿海鱼类系统调查。1951 年，他与张玺教授等筹备成立了中国海洋湖沼学会。1952 年至 1963 年，他担任中国科学院动物研究室（所）鱼类部主任。父亲一生专搞中国鱼的调查，他经常带领研究生们到我国东南沿海各地以及黄河长江流域去实地考察、采集动物标本，为我国科学宝库留下了《东海鱼类志》《南海鱼类志》《黄渤海鱼类志》《中国鲤鱼志》等大量专业著作，并获得北京博物学会金质奖章。这一时期他还担任中国海洋湖沼学会理事长，同时参与北京自然博物馆的筹备工作。晚年，父亲更加注重科研和生产相结合，致力于研究中国淡水鱼的养殖和发展，使科研直接造福于民生。

在父亲全心投入科学事业的时候，我们的年龄还小，关于父亲治学和工作的事情都不太了解，只是后来偶尔有父亲的朋友、同事们来家里做客，从他们的谈笑中听到一些关于父亲的故事。生物专家武兆发曾对我们说："你爸爸只要看到一根鱼刺，就可以说出是哪种鱼。"所以他们给父亲起的外号叫"鱼博士"。1963 年，父亲病逝后，秉志老先生召集我们座谈，给我们讲述了父亲年轻时刻苦勤奋、严于律己的事情。他说，父亲那时课余帮助教授抄写文稿，他给自己画了一个表格，每天抄多少字都记录得清清楚楚。如果哪一天因为生病少写了，也都记下来告诉教授，少受薪水，决不多拿一分钱。从这样的小事，就可以看出作为一个科学家的诚实严谨的态度。听母亲讲，父亲由于自己是从艰苦的环境中苦学出来的，同时出于对科学事业的热爱和执著，他对青年学生的教育和培养非常热心，其治学态度也非常认真严格。有的学生生活困难，他就在经济上和生活上给予帮助，在精神上给予鼓励，尽可能地给学生创造便利的学习环境和条件。在他有生之年，先后培养出了郑葆珊、李思忠、张有为、王文滨等一大批我国早期从事鱼类学专门研究的专业人才。

长年从事教学和科学研究，大量艰苦的脑力劳动给父亲的身体健康带来很大的损害，父亲患了高血压、心脏病、糖尿病，但他直到去世的当天上午还在坚持工作。记得1957年，父亲突然患了中风，左边一段脑血管硬化，经急救后脱离了生命危险，但右半身麻痹。在北京北郊小汤山疗养院住了一年，经过中西医的综合治疗，终于可以走路了，但右手不灵活，拿笔写字很困难。父亲出院后就坚持锻炼右手的活动能力，练习写字。一开始写得很慢，手抖得厉害，字写得又大又歪斜，就像幼儿初学写字一样。但他老人家坚持不懈地苦练，后来终于可以写信、写文章了。

父亲是在1963年9月27日中午突发心肌梗死去世的。在他走后的几个月，他的最后一篇著作出版了。父亲的刚毅、坚强和忘我严谨的治学态度，是我们儿女心中无法磨灭的印记。

我们的父亲华霁荪

华亦增

我们的父亲华霁荪（1897—1991）是留学日本研读细菌学的医生。20 世纪 20 年代首先在国内研制牛痘苗，是国产牛痘苗第一人，是我国生物制品的先行者。

父亲虽然在开创、研制、生产生物制品方面曾辉煌一时，但是经过日本侵华战争及历次事件，历史资料所剩无几，最后留下的只有几张老照片、几本画册和一叠检查材料。

父亲华霁荪 1917 年从苏州江苏公立医学专门学校毕业后，于 1918 年赴日本东京北里传染病研究所研读细菌学，师从著名的细菌学家北里（Kitasato），一年后转为老师的助手，直到 1922 年返国。

父亲回国后，1926 年至 1934 年，我国共有三次霍乱

图1 父亲华霁荪。

流行。如1926年夏，市上并无疫苗供应，待商人从日本大阪购买了疫苗运回来时，流行高潮已过，无人购买。医药界人士认为这是急需解决的一个问题。父亲的“检讨书”写道：“眼见这种情景，我认为防疫是国计民生国防建设的大事，防疫药品要依赖外国人供应，对研究细菌学的人来说是奇耻大辱，是有悖于独立自主精神的。研制并生产国产的防疫药品来预防疾病，是自己当仁不让的责任。”

因此，他在1927年和费子章在苏州合办医院时，用了两块牌子：济民医院和中华传染病学院。“虽是一个机构两个名称，但是目标很明确：前者是面向苏州本地的病人，是看病、化验，做到有经济收入；后者是面向全国，是研制生物防疫制品。开始时要靠看病、化验的收入，来资助生物制品的研制。”

在决定制造防疫疫苗后，父亲制造了一些预防霍乱的样品。借此他走访了上海医药界知名人士，并办理送请中央卫生试验所化验，以向上海市卫生局登记、申请批准生产。在访问过程中，发现药界人士更迫切希望能供应牛痘苗，父亲因此转为主要研究和制造牛痘苗。

关于制造牛痘苗，父亲原来只有书本上的知识，并无操作实践，一切都是从零开始。先进行小动物（如兔子，荷兰鼠、小白鼠等）的生物试验。成功后，再将牛痘病毒种在牛的肚皮上，待牛痘发泡灌浆后，刮取痘浆。再将痘浆经过研磨除去组织残渣、消灭杂菌等复杂的技术处理，制成牛痘苗。

开始，痘浆是在普通乳钵用手工研磨的，浆是装在瓶内的。以后，再将手工研磨改为脚踏式的机械，后来磨浆机改为电气化；瓶装痘浆也改为用毛细管装。在把浆吸入毛细管时，开始是用网球一支一支地吸，极为笨拙又费力，以后

图2 20世纪30年代的全家福。

吸浆由手工改为用真空泵，九秒钟可装五百多支。疫苗的制作经历了从人力到机械化到电气化等阶段。当年所用的大型设备如电孵箱、高压消毒器都是由他自己设计由小铜匠制造的。

牛痘苗的样品制成后，先送上海试销。在做了若干改进后，在上海市卫生局登记，并申请批量生产及销售，由上海市卫生局发给“销售痘苗许可证”。父亲华霁荪可以说是中国牛痘苗制造的第一人。

牛痘苗1929年正式投产后，销售量逐年上升，每年销售两三万打，1934年销售量超过三万打，营销全国各地。中华传染病学院生产的防疫制品的商标定名为“铁甲牌”，取盔甲能保护身体之意。以后父亲又研发生产了霍乱、伤寒防疫疫苗和含乳酸菌的助消化药“妙趣媚”，也都大批量销售全国。这些药品对抑制疫情、保护人民身体健康起了很大作用。

那一时期，我们三姐妹都只有十岁上下，我们清楚地记得当时父亲工作一直很忙碌。家中有一间养牛房，还有一个饲养兔子和荷兰鼠的地方，据说是做试验用的。养牛房里常常养着十多头牛，是父亲去丹阳采购来的。买回的牛饲养一段时间后，父亲就要与几个助手将牛翻过身来捆绑在一张非常结实的“牛床”上，后来才知道是在牛身上

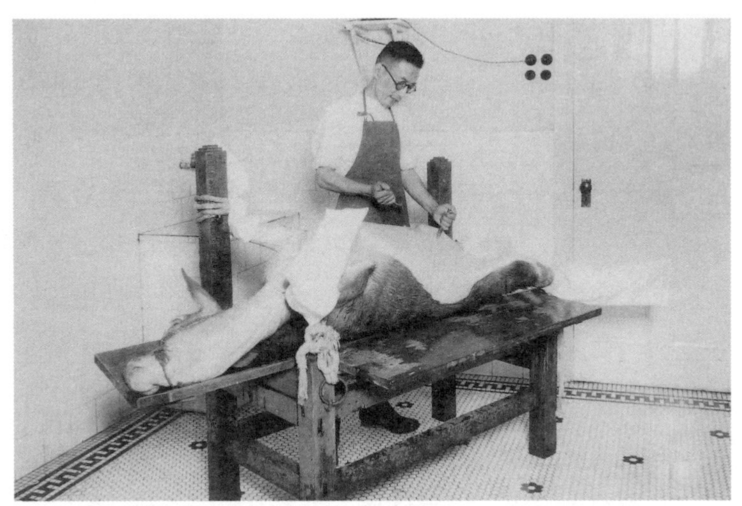

图3 父亲在工作。

种痘浆。

父亲当时雇用了两个助手和四个工人。母亲是父亲的得力帮手。她原是小学教师，这时辞去了教师工作，一心辅助父亲。她不仅要管好全家的衣食住行和女儿的教育，还要管医院里所有人的饮食。忙的时候也要去帮着做些辅助工作。我们小孩子课余时也常去帮着做些在装牛痘苗的竹管上塞棉团或给疫苗瓶上贴标签等小事。父亲的化验室摆满了各种医疗仪器，这里是最后出成品的地方，父亲是不让小孩进去的。抗战爆发前这段时间，是父亲事业最辉煌的时期。当时他是四十岁左右。

1937 年，苏州沦陷，我们家和医院被日军占领，设备被毁，全家移居上海。父亲考虑到防疫事业仍然需要牛痘苗等防疫药品，于 1939 年与上海五洲药厂订了三年合同，为该厂筹备和主持牛痘苗及生物检验工作。1942 年三年期满，五洲药厂生产的“地球牌”牛痘苗取代了“铁甲牌”牛痘苗。从此，父亲告别了自己热爱和为之奋斗半生的生物制品事业。

1942 年后，父亲当了近十年的开业医生。1952 年到上海华东纺织学院当了卫生科长，加入了九三学社，1966 年退休，1991 年病逝。

我的姊妹华嘉增在 20 世纪 80 年代访问日本时专程去访问了北里研究所，受到他们热情的接待。他们查阅到当年父亲在北里工作过的记录，并将该资料复印后赠送。

父亲的梦

曹　雷

如果我对人说，我的父亲——当过国文教师、做过战地记者和报纸编辑，研究国学和历史相当有成就，在文坛上活跃了五十年的曹聚仁，曾经憧憬过成为一名演员，一定不会有人相信。以我这个从艺四十年的人的眼光来看，我父亲也确不是块演员的料：五短身材，操着一口浙江官话，嗓音也没什么特点，唱什么歌都像吟古诗那样哼哼，右脸颊上还因儿时患牙龈炎留下了一条深深的疤槽。我小时候很喜欢看他有疤痕的这边脸，这给他带来一种特殊的气质。我想象不出没有这道疤槽的爸爸会是什么样。父亲一点也不具备演戏方面的天赋。可要是你当面对他这么说，他就会不服气地叫你去翻翻 20 世纪 30 年代的《大公报》，

图 1 1946 年，作者与父亲曹聚仁摄于上海。

上面记载过他如何导演熊佛西编剧的《一片爱国心》，由暨南大学教职员在安亭演出，演得如何成功；他会如数家珍地告诉你，他还排演过抗战剧本《牯岭鬼屋》，写过一支由萧友梅谱曲的抗日歌："枪，在我们的肩……"真的，尽管父亲当不了演员，但他真是醉心于戏剧艺术，这份痴迷，有时比我这个当演员的更甚。

我五岁的时候，已经是小学一年级的学生了，被班级推选出来参加全校演讲比赛，讲稿是父亲为我捉刀的，题目就叫《我要当个演员》。稿子里有两句话，至今我还记得："我要当一个演员，我要我哭，人也哭；我笑，人也笑……"我的演讲获了奖，一面三角形的奖旗就挂在黑板正上方，挂了一学期。

我不知道父亲当时是不是拿准了我将来会成为一个演员，但我回想起来，这篇讲稿倒是流露出他的一份遗憾——没能成为一个演员的遗憾。他希望女儿能弥补这份遗憾。

父亲对我说起过爷爷，那是个思想开明，却又治家极严的农村学究，从来把看戏跟赌博相提并论，不许家人沾一点边。偏偏父亲儿时"人小鬼大"，越是大人禁止的事，越是对他有种神秘的吸引力。虽然一生未曾挨过赌桌的边，却在第一次偷偷看了戏后就迷上了戏剧，还一直崇拜那个《桃花扇》里写到过的明末泰州有名的说书人柳敬亭。

抗日战争的烽火年代，父亲穿上戎装，出入战场，做了战地记者。在写了大量战地通讯的同时，还写下了他的第一部长篇小说《灯》，反映了一群青年人在抗战中的不同命运。20世纪40年代初，他在江西就曾想做一回柳敬亭，用说书形式讲他的小说《灯》。他计划得很好，每天先评说40分钟的抗战形势，下半场再说40分钟的小说。场子

图 2 1959 年深秋，曹聚仁先生最后一次返回祖国大陆，与家人合影于上海人民公园。

联系好了，海报都贴出去了，不料日本飞机一阵轰炸，把当地的发电厂炸毁了，他说书的计划也一齐给炸掉了。

父亲倒并未气馁。战地采访，使他有机会去到东南沿海和内地的小城、农村，还到了与弋阳毗邻的上饶，到了南曲大剧作家汤若士的家乡江西临川，又在另一南曲剧作家蒋士铨家乡铅山住了些时日，去了徽剧和青阳腔的发源地皖南……所到之处，他必设法看戏，地方剧、采茶戏、木偶戏、草台班，什么都看。并非为了娱乐，而是悉心研究。

也许是受到了父亲潜移默化的影响，尽管在我十岁那年，父亲就离家去了香港，但“要当一个演员”的愿望，却在我心里扎得很深。终于在1957年我考入上海戏剧学院。

1962年，我在戏剧学院的毕业剧目《桃花扇》中饰演李香君。当在台上与剧中人柳敬亭对戏时，不由自主地总要想起父亲来。我写信告诉父亲，他激动不已，给我寄来《板桥杂记》及孔尚任曲本，还写了几段《读曲微言》。他对我说：“《桃花扇》乃是我四十年前第一回所读之曲本，恰在武昌碰上兵变，仿佛柳敬亭之投辕；十多年前，我又在秦淮河畔，经历了南朝新事。一天下午，G氏访我于旅次，我反复陈词，说到福王的覆辙，殷鉴不远，谓内战不可不早日停止，终无以改变当局的意向……”父亲是把戏剧和历史联系在一起来看的，自有比我多一层的感慨。

我虽不喜上银幕（至今仍如此），但命中似乎注定要与银幕结缘。刚毕业，就被导演找去拍片；第二年，又在电影《年青的一代》中扮演了一个很有个性的女孩儿林岚（这角色，我先在话剧舞台上演了百来场）。影片拍成，在香港公映，父亲终于看到了我的戏。

在给我的诗中，父亲有“默然相对影中人，娇唤爹娘恍若真”句，从中可以体会出他恨不能走上银幕应一声的心情。自他离开上海，至看到我拍的电影，已过去整整十六年。十六年中星移斗转、风云变幻，我们只有几次短暂的相聚。虽不断有书信往来，可是亲耳听见女儿叫“爸爸”的声音，真是会让他心震神颤的。尽管声音是银幕里传出，尽管唤的是戏中人，在父亲听来，确是“恍若真”呢。

父亲为我真成为一名演员而高兴。他又何尝不想我能跟他生活在一起，成名香港，走红海外！可那是在20世纪60年代。正是我拍完《年青的一代》前后，有位在港台红了半边天的电影明星林黛自杀身亡了。林黛的父亲程思远先生也是我父亲的好友。过去两位老友见面，常谈起各自当演员的女儿。林黛的不幸，使思远先生受到极大打击，我父亲也极为痛惜。在观看《年青的一代》后不久，他又看了一部林黛主演的影片，并在文章中写道：“想到这大眼睛的野姑娘已经埋骨两年，叫我怎忍心看下去呢！”在这样的矛盾心情下，他再也没有提过要我去香港的愿望。

但父亲自己对戏剧艺术的研究，始终未曾间断。20世纪50年代后期，他有机会多次回到大陆，走访各地。就像抗战时期一样，无论到何处，他都不放过看戏的机会。他说：“在别人的百忙当中，我却有从容欣赏的机会，诚如刘姥姥进了大观园，把从古以来没去过、没听见过的都见识到了。”他看了赣剧、川剧、秦腔、评剧、黄梅戏、吕剧、江淮戏、越剧、粤剧……看了旧形式新题材，也看了新形式旧题材。他写下了各种剧评、观感、介绍，汇辑在他 1960 年出版的《人事新语》一书中。

20 世纪 60 年代末期，父亲经历一场恶疾，总算浮过了生命海。他拖着衰弱的身体，面对病魔的威胁以及严峻的政治空气的压迫，多方求助，终于把几十年来对中国戏剧研究的点点滴滴汇总起来，写下了二十多万字的评述，并把二十多年来收集的剧照、相片、资料、图片共两千多幅，集成一本大书出版，书名《现代中国剧曲影艺集成》。

这是他咬着牙，拼着最后一口气在临终前完成的大事。他在信中对我说：“雷雷，这是我为你做的一件大事。四十岁以后，你再看这本书，会明白我的用心。”

四十岁以后的我，由于种种原因，不能适应拍摄电影的生活，转到幕后，干起了为外国电影译制配音这一行。但我仍是一个演员，仍是一个“我哭，人也哭；我笑，人也笑”的演员，哭笑的背后，学问深远，够我一辈子奋力而行。我明白父亲的用心。

我的父亲王芸生

王芝琛

我的父亲王芸生，原名德鹏，“芸生”这个名字还是进天津《商报》当总编辑时介绍人信口说出来的。如果要向父亲追问一句，他会笑着回答：“芸生者，芸芸众生之谓也。”如今年过七十的人，提起王芸生，马上都会联想到《大公报》，人们称他与《大公报》，“盖一而二，二而一者也”。

一

1901 年 9 月 26 日，天津南运河北岸佟家楼一户寒苦的人家里，生下了他们的第三个男孩——我的父亲王芸生。

图1 20世纪30年代，王芸生与夫人冯玉文、长子王磊（王芝光）、长女王芝芙在天津。

因为破产，我的爷爷从小就从天津附近的静海县流落到天津市来了。小小年纪，无依无靠，乞讨到了天津西头芥园庙，老和尚收留他在庙里干点杂活，慢慢地学会了烧菜做饭成了厨师。三个儿子中，大儿子后来继承了父亲的手艺，老二后来只是一个看门的人，那个老三呢，由于从少年时代起，就勤学苦干，二三十年后，不仅成名成家，竟然成了中国新闻界一位风云人物。

谈起少年时代的生活，父亲深情地怀念着的有两个人。第一个是我的奶奶。为了改换门楣，做父母的不忍心让老

图2 20世纪30年代，王芸生与长子王磊（王芝光）在天津。

三也像他的两个哥哥那样碌碌一生，再省吃俭用也要送他上学读书，可那一年三节，每节一块现大洋的学费，谈何容易。父亲说：“每到这时，母亲为此四处奔走，然后把借来的‘当’，交我送进当铺。当铺的柜台高，我人矮小，踮起脚来才能把那个小包袱递到探出身子来接的掌柜的手里，挑剔半天，才从柜台里扔出来，只要够上一块现大洋，我就赶快捡起来，高高兴兴地交给母亲缴学费去了。”

第二个难忘的人是一位姓陈的私塾老师，外号叫“陈扒皮”，据说打起学生来跟扒皮似的。但陈老师知道父亲念书非常用功，非常规矩，不仅不打他，反而经常安慰他。几十年后，父亲谈起陈老师来还意味深长地说：“老师不严，学生是学不出东西来的。而一位真正要求严格的老师，终究会成为学生感念的‘慈师’的。”

“勤”与“苦”是父亲终生信守，并受益不尽的。他读私塾时是这样，自学英文也是这样，即使在做茶叶店小学徒时，仍不忘勤读苦读。他常常用下面两句诗自勉自励并教育我们：“书山有路勤为径，学海无涯苦作舟。”

二

父亲不喝酒、不吸烟，甚至也不喝茶。几十年来一直是干报馆工作，无论是当编辑主任，还是当总编辑，都是熬夜的活，有时为了等新闻，回到家已是清晨三四点。每晚工作后，虽十分疲乏，饥肠辘辘，也从不在外吃夜宵，也不让母亲为他准备夜餐，回到家只要几块饼干和一杯白水，就已经很满足了。

我们兄弟姐妹，起先还常常被母亲呵斥，后来都养成习惯，不管是上课，还是节假日，清早起床穿衣洗漱、抹桌吃饭都轻手轻脚，生怕吵醒熟睡的父亲。记得有一次，不知要拿什么东西，必须进父亲卧室，经母亲批准，我摸黑进屋，越是小心越是出差错。哐啷！我踢倒一把椅子，吓得我魂都没了，心想一定要挨揍，最起码也得挨骂，只听见父亲翻了个身，又"呼"上了。走出房门，却遭到母亲的一记揍。

每天一篇社评，这是《大公报》的老规矩，早在张季鸾先生去世（张先生 1941 年 9 月 6 日去世）前，父亲就已担起这副重担。那时他每天回家时间很短，回来也只是睡睡觉，由于劳累，上火的事又多，经常流鼻血，厉害起来一流就是痰盂小半盆，真把我们吓坏了。母亲赶忙将凉水浸过的毛巾敷在父亲头上，他用手捂住毛巾，继续干他的事。母亲也不敢劝，一劝他就急。

我们家始终是跟着《大公报》颠沛流离，天津、上海、

图3 王芸生、冯玉文夫妇与六个子女的合影（前中为三女王芝瑜）。1948年9月摄于上海。

汉口、重庆，又回上海……1938年秋，武汉大撤退，《大公报》也从汉口撤往重庆。父亲率《大公报》汉口版全馆人员乘江华轮溯江而上。船行至宜昌遭日机轰炸。我们全家都在江华轮上，才一岁的我，由于发高烧，母亲在船舱内用煤油炉给我煮点稀饭，不慎将稀饭碰洒在自己的前胸，满胸燎泡，到重庆后好几个月方愈。

我们在重庆的第一个家是在白象街。1939年5月3日和4日敌机两次大轰炸，《大公报》亦遭其难，我家房屋

图 4 王芸生夫人冯玉文与长子王磊（王芝光）、长女王芝芙、次女王芝慕、次子王芝秋、三子王芝琛，1938 年夏在汉口。左二是王家保姆。

被震倒一半。那时父亲从来不跟我们一起躲警报，大哥、大姐各自都在学校，我和二哥由母亲领着正在楼梯间，幸免于难，二姐在一个写字桌底下躲着，被埋于废墟中，事过半个多小时，才把她挖出。1941 年 6 月，“重庆防空壕大惨案”，父亲就在洞中。据他说，敌机空袭时，当时有的人要进，有的人要出，把洞口堵住了，闷死不少人，只见许多人赤身裸体往洞口挤，他是得到一位难友给了两粒人丹和一小块八卦丹含在嘴里，才得幸免。有一阵子，《大公报》干脆搬到防空洞里出版发行。父亲和他的同人们，就是这样跟日本鬼子对着干，写出多少坚决抗战的好文章啊。正像父亲所言：“本报同人，几枝秃笔，一张烂纸，颠沛流离，从事言论工作，以绵薄之力贡献于抗战。”

我们家的生活，虽没缺过吃穿，但日子仍过得清贫。母亲和我们兄弟姐妹六人都是靠父亲一人的薪金过活。父亲领回薪金后，往往还要接济一些亲戚朋友，余下的才由母亲支配。在我的记忆里，在重庆八年多，几乎没穿过新衣服，衣服都是拣哥哥的穿。记得某个春节，母亲给我做了一套新衣服，大年三十我都没舍得穿，而是放在枕头边，等到大年初一早上才穿上，之后就在整个报馆里跑，许多父亲的同事都逗我说：“王小弟，今天穿新衣服啰！”我们的内衣内裤经常是用报馆处理的油墨布做的，虽然事先母亲已用碱水洗过多次，字迹看不太清楚了，可是穿在身上仍然能闻出油墨的味道。

我不喜欢与父亲同桌吃饭，因为他规矩太多太严。吃饭不许说话，不许发出声音，无论是碗筷声，还是吧嗒嘴声。夹菜也有规矩，不许“搭桥、过河”，实际上就是不许挑菜吃，不许专挑肉或蛋。这时，往往是母亲站起来给我们拨点好吃的菜。父亲对我们的课外阅读管得特别严。记得抗战胜利，我们又回到上海，我和二哥有时向母亲磨点零花钱，租本

图 5 1955 年 8 月，王芸生、冯玉文夫妇与子女合影。长子王磊（王芝光）不在北京，没有参加合影。

小人书，其实不外乎《荒江女侠》、福尔摩斯侦探小说之类，给父亲知道了，绝对逃不过一顿揍。大哥王磊（原名王芝光），在同济大学念书时，跟同学玩桥牌，赌输赢，有一次将铺盖和洗脸盆都输掉，被父亲知道后，又罚跪，又暴打，甚至于把拖把棍打断，母亲心疼去护着，还挨了一棍。

中华人民共和国成立后，父亲很多方面的变化都相当大。其中一个，就是帮母亲干家务。他知道自己不会烧饭做菜，但他主动承担采购任务。无论是酷暑还是严冬，每天一清早他就拿着铝锅去打豆浆买火烧。排队买菜、买肉、取奶都成了他的活。每次采购完总是那么高兴。

父亲临终，在病榻前跟我谈的大多仍是《大公报》，尤其是谈这张报纸的20世纪前半叶，很少谈家事。对于母亲，我家的朋友，尤其是亲戚，都赞赏她嫁了个好男人，一辈子都没有愁过吃穿；还羡慕她有六个孝顺的子女，多福气。而父亲的看法恰恰相反，他说："你妈自从嫁给我，没有享受过一天的荣华富贵。劳累、劳累，一辈子劳累的命。""还有就是担心、担心，一辈子的担心。从军阀褚玉璞对我的通缉和追捕，到国民党蒋介石的三查王芸生……""担心完了我，又担心你们，再健康的神经和心脏，也经不起这样长期折腾啊。"父亲还提醒我说："不知你注意到没有，你妈几十年围着锅台转，成天忙忙碌碌，给这个做饭，给那个做饭，但从来没有单为她自己做顿饭菜。唯一给自己做的是，热剩菜剩饭。"我从来没见过父亲如此动情地感叹："一个朴素崇高的女性，一个伟大的母亲！""我死之后，你们一定要照顾好你妈。"

母亲临终前几天，用那被病魔折磨得如柴火般的双手，拉住我说："我死后，把我的骨灰跟你爸的骨灰放在一起，仍存放在八宝山。"我答应了。她又继续说："那边小屋有个佛龛，逢年过节你要点上三炷香，就算我保你们平安！"

武昌车辆厂创始人父亲李宣予

李嘉陵

我父亲李宣予 1901 年出生在湖南澧县一个殷实的农民家庭，祖辈皆以种田为生。澧县是澧水的重镇，因澧水而生，因澧水而名。澧水出湘西北，经澧县向东汇入洞庭湖和长江，东流入海。湖南是鱼米之乡，澧县也是这样的地方。一方水土养一方人，勤劳的爷爷依靠艰苦的努力，让一家人得到温饱，但过度劳累加上当时落后的医疗水平，使他三十八岁就去世了，奶奶在万般艰难的条件下把爸爸和叔叔养大成人。我爸爸身上就继承了湖南农民所特有的执着与倔强，加上他自幼好学，小学毕业后考上县里的中学，初中毕业后又考取了长沙市的重点中学。在上中学阶段他就十分敬佩詹天佑的为人和他领导修建京张铁路的伟大创

图 1 父亲李宣予。

举，自己也希望追随詹天佑，为铁道事业贡献自己的一生。

1921 年，父亲高中毕业后考上北大预科，读了一年，为了实现自己的理想又考取了唐山大学，分科后分到上海交通大学机械系。上海交大创建于 1896 年，为我国第二所现代意义上的大学，最早是由盛宣怀等一批有识之士在沪创办的南洋公学，1921 年改称交大。机车车辆专业是当时该校的著名专业，20 世纪二三十年代毕业的上海交大学生里出了许多优秀的专家。父亲在交大读书期间，还担任过上海大学生联合会主席，组织学生参加过五卅运动。尽

图2 父亲（前排左一）与同去英国的朋友、同事合影。

管在学习期间因为社会活动多，耽误了不少时间，但是他仍然凭借顽强的毅力，日以继夜地苦干，终于补上了落下的功课，以优异的成绩毕业。1926 年从交大机械系毕业分派至广绍铁路工作，任公务科科长。1927 年到交通部上海电信局任技术员，后转入沪宁铁路任助理工程师。其间，1934 年至 1936 年自费去英国伯明翰机车车辆厂实习。

当时，英国的铁路和机车技术居于世界领先地位，伯明翰机车车辆厂又是英国机车的制造中心之一。他在英国通过下现场，参观，实习，充分了解了自瓦特以后，几百年来，英国因为发明了蒸汽机为原动机而领导了第一次产

图3 父亲（左一）在英国伯明翰机车车辆厂实习。

业革命的历史，更深刻地认识到了铁路运输中火车头的关键作用。他的专业知识到了这里更有了一个质的飞跃，可以说是百尺竿头更进一步。他尽其所能地吸收一切先进的技术知识，准备回国后让祖国也能够早日造出最好的火车头来。

从当年这些照片中，可以看到父亲在伯明翰机车车辆厂勤奋工作的身影。

1936 年回国后，父亲在浙赣铁路任副工程师。

1937 年经朋友介绍，父亲和我妈妈（曾昭华）认识、结婚。我们有一个幸福而温馨的家庭。婚后我妈妈一直没去工作，虽然家务负担很重，但有妈妈照看，爸爸可以安心工作。妈妈一直是爸爸的精神和生活的支柱，在困难的时候，两人总相依为命地过日子。

抗战爆发后，1939 年父亲辗转来到陪都重庆，任公路总局技正兼技术科科长。1945 年父亲由交通部派往美国考察一年，1946 年回国。知道爸爸要回来，我们都高兴得不得了。抗战时期在重庆生活很艰难，吃的东西很少，我们住在山上，下来，上去，需要爬三百多级台阶，买东西就更困难，外婆和妈妈在山上开了一块地，种点青菜，还养了好多鸡。爸爸这一回来，我们就可以回武汉了（此前爸爸已经接到到武汉工作的任命）。他从美国回来，给我们

图 4 父亲和母亲结婚时的合影。

带了好多衣服、书本，还有各种漂亮的铅笔和蜡笔。我记得最清楚的是给我们每人买了一件大衣，我和哥哥还穿着新大衣合了一张影。我很喜欢那件大衣，浅棕色，毛茸茸的，还带猩红色闪缎的里子和镶边。长大以后，我的小大衣一

图5 作者和父亲、母亲以及哥哥合影。

直留着，作为纪念，后来还传给了我的女儿。爸爸还从美国带回一打派克金笔，本来是他自己用的，可是那时公共汽车上扒手太多，他的笔经常被扒掉，后来剩下最后一支，他收藏起来，说留着给我上大学用。1957 年我如愿考取了

图 6 作者和哥哥于 1946 年合影，两人穿的新大衣就是父亲买的。

清华无线电系，爸爸就把那支派克笔送给了我，我在清华六年就是用这支笔完成了学业。

8 月份，根据交通部之铁路会议拟订的“战后五年建设计划”及“铁路总机厂之车辆制造设计纲要”，在南京正式成立“武昌车辆厂筹备处”，由我父亲担任筹备处处长兼总工程师。

1946 年接受武昌厂筹备工作后，他废寝忘食，日夜操劳，短短两年时间，在一个寸草不生的荒滩上竖起了一万四千多平米的主厂房、办公楼和存车库，安装了一百九十一台机床设备。当时技术力量奇缺，真正掌握全

图7 这是作者家在武汉的住处，父亲、母亲和车辆厂的同事在家门前合影（右一是父亲，中间是母亲，两个孩子是作者和哥哥）。

面技术的只有他一个，一切几乎从零开始。可以想见，从工厂的土木建造到一台台机器设备的安装调试，不知道花去了他的多少心血。这两年是他最辛苦也是最有成就的时期，武昌车辆厂的雏形就此诞生了。

这个厂的建成倾注了他的大量心血，他视之为自己生命的一部分。解放前夕，亲朋好友劝他弃厂赴台奔港，被他断然拒绝。在混乱之时，国民党在撤退前决定炸毁工厂，他和全厂职工一起组成纠察队护厂。武汉解放以后，为支援大军南下，一面抢建厂房，安装调试设备，一面招收技工，六七月份就开始了火车头的生产准备。

父亲待人诚恳，作风正派，平易近人，和工人相处得很好。不仅如此，他虽然是名牌大学毕业，又留学英、美，却从不忘本，他总是惦念着在农村的奶奶和叔叔，多次接奶奶来和我们同住。我记得因为奶奶是小脚走路不方便，父亲常常叫我去给她买吃的东西，他下班回来，不管多累都要先去看奶奶。他也想让叔叔来城里工作，全家人可以在一起，但是最终因他们不习惯城里的生活，又没有朋友，觉得很孤独，非要回农村不可，所以我一辈子和奶奶、叔叔在一起的时间很少。

父亲是一个农民的儿子，通过自己的艰苦奋斗，解放前就加入到中国高级工程技术人员的行列，像他这样的情况在旧中国是不多见的。

父亲的追求

李广开

父亲李国恩，字霈霖，祖籍北京。1901 年生于北京哈德门（今崇文门）外，这是他生活了一辈子的地方，也是他创立妙香阁制香厂的地方。

20 世纪 20 年代，父亲带领以家庭妇女为主的劳动力开始研制生产安息香、香水香、芭兰香等供回族同胞日常生活所用的薰香香品。这种来自古波斯的具有东方熏香味道，完全不同于中国传统的香品，人们称其为“安息香”。这种香的制作方法很简单，首先将原材料粉碎，配以其他木粉，用适当的水搅拌成面剂，再将它们敷抹在竹棍儿上成型，风干即可。这么简单的产品，要想做好可不是容易的。父亲在生产安息香的同时，还生产中国传统的祭祀用熏香

图 1 20 世纪 40 年代中期，父亲在厂甸庙会上。

香品。据不完全统计，这类香品先后生产了近二十种，诸如净庄严香、奇南香、如意香、白檀香、欢喜香、极品贡檀香等。后来由于安息香、芭兰香、驱蚊香、洗涤护肤品的供不应求，他的主要精力转移到了后来被称为“卫生香”（安息香、芭兰香）的香品上。

父亲发现，这些香品的原料大多来自天然的芳香动植物，他觉得，把这些东西用来做香燃烧掉，实在可惜。要知道，这些东西可都是治病救人的良药啊。于是，他采用进口的香精香料做原料，经过稀释后，配兑成混合液，刷在香坯上，风干后即可上市。不久，其他制香户也来效仿。使用香精的好处是节约了大量宝贵的药材，制香成本也随之下降。这种新型香品的味道远远超过了传统香品，香气散发得更长久。

当年，每逢农历二、五、八日，父亲便在前门夜市摆摊销售，位置就在今天前门大街“一条龙清真饭庄”附近。由于产品的品质好，气味芳香诱人，价格适宜，经常供不应求。为扩大生产，父亲迁居至哈德门外东厅胡同，并开始使用“妙香阁”的字号。久而久之，由于货品质量好，品种多，京城百姓尤其是回族同胞送他雅号“哈德门香李”“哈德门棒儿香李”。20 世纪 30 年代初，市政当局整顿市场，取缔了夜市，父亲遂改在家销售，串户推销。后来，来自开封的一位张姓客商买了两袋芭兰香带回河南。半月后，父亲收到居住在开封书店街的张先生的来信及汇款，要定购两箱（240 打）芭兰香。从此，妙香阁的买卖走出北京，延伸到平汉线、陇海线及周边地区，覆盖了大部分市场。同时还有少部分出口到英国、美国、智利等国家和地区。为了扩大产品的知名度，父亲还参加了北平市

图 2 1958 年，五十七岁的父亲在北戴河疗养时留影。

政府主办的平汉线产品展示会。

这一时期，妙香阁的产品主要有芭兰香、香水香、藏香、象藏香、清神线香、荷花香、安息香、美术线香、三色香、茉莉花三色香、香水棒香、金龟牌三色盘香、花神香、十里香、龙涎香、现字真妙香、鹰牌驱蚊线（盘）香、印度香、土耳其香等。产品中还有专供回族逝世者使用的全香粉，又称攒香。这是一种完全由芳香中草药组成的药粉。另外还有产量不大的洗涤用品：以牛羊油为原料的胰子球、鸡油皂、洗衣皂、桃花碱、精盐牙粉，以及护肤品玉容油等。

妙香阁之所以能在短时间内取得如此成绩，除了父亲多年的经营历练之外（他在经营香品之前，还经营过古玩旧货，在图章馆、糕点铺学过徒），也与他无意间在图书馆看到明朝人周家胄撰写的《香乘》一书有很大关系。这是一部有关“香”的专著。父亲通过仔细阅读，领会了“法合众香”“合香之法贵于使众香咸为一体”等制香宗旨。他还从中学习了许多传统配方，并结合当时的具体情况，对方剂进行了变革，使古老的配方能为今所用、为我所用。

中华人民共和国成立前，连年战乱，民不聊生，家中人口众多，负担很重，妙香阁的买卖渐渐难以为继。无奈之下，父亲不得不于1950年初申请歇业。他在歇业申请书中写道：“我业专门香水香、杀蚊香。香水香无人用，杀蚊香自D.D.T来华，我们受了致命伤。”在申请书中，父亲还“希望对日本缔结合约后，该国出口除虫菊来华，再为复业，重制杀蚊香再供社会应用（我国现无除虫菊生产，希望政府提倡播种）”。

几个月之后，父亲又申请复业。在复业申请书中，父亲申述了复业的理由：

一、我们出品的竹棍儿避瘟香在抗战前曾普销全国及英美各地，后交通梗阻，一蹶不振。但近半月来西安、太原、汉口、开封、长沙各地来信询问我出品情形，于此足见各地经济好转，我们可以放手去做。二、避瘟香系我少数民族特有之技术，为爱清洁之必需品。近日西北各地销路陡增，我是此业原发起者，现不甘落后。三、我业出品虽然无关国计，但站在民生尤其是文化立场，确有移风易俗及沟通少数民族技术，仍需自求精进之必要。四、我们虽然愿意转业，但有一地能销，我们的生活就无问题。二十年心血一旦无路可走，实感痛心。五、我们在政府明确指导之下，一切的一切使我们放心，可以继续做下去，自求更生，成一良善商人。

政府有关方面以其“时间仓促”未予批准，父亲遂以他的长子之名，办了“真妙香”的牌照。无奈多年的问题积重难返，家中经济状况未见好转，处于“烟不进，火不出”的萧条状态，前后只维持了不足两年。

1953 年，父亲进入他徒弟办的制香企业帮工，负责调

图3 父亲耄耋之年还在写作。摄于1983年。照片背景是当年妙香阁的营业室。

配香料。1956年父亲跟随这家企业并入公私合营的北京肥皂化妆品厂（即后来的日用化学厂），在香料车间负责调配香料的技术工作并担任厂工会生产委员。

1957年，上级有关部门计划让制香业停产。通过父亲的申述，卫生香车间得以保留（后这个制香车间脱离化工厂，成为一个单独的企业），其他以佛香为主的产品则一律停产。

从1953年开始到1956年的公私合营，直到1966年父亲离开制香厂，他从没有中断熏香香料的调配工作。制香厂出品的各种香品，追根溯源都是来自当年妙香阁的配方。

客观地讲，这是一个没有妙香阁名义的妙香阁时代。制香厂及其上级主管机关先后给予父亲很多奖励：1958 年获特级奖金及奖状，并安排去北戴河疗养；1961 年获季度特级奖金等荣誉，并担任制香厂技术室副主任一职，直到 1966 年去职。至今我还记得父亲 1958 年获得的那张奖状的样子，有《人民日报》近四分之一大小，纸质较厚；图案中间有毛泽东的侧面头像，头像两侧各有三面红色的旗帜。

离开工作岗位以后，父亲对中国的薰香史重新进行了梳理，把自己多年研究的香品配方作为《香乘》续篇集结成册，并写出《香乘》序一篇；又将香品配方、历次试验数据整理成文，分送有关领导和业内同行。他还把自己总结的调配香料的口诀，也毫不保留地一同传授给他们："先找组分后配套，末后定香最重要。常闻细品练嗅觉，耐人寻味巧妙鲜。"

20 世纪 80 年代，父亲把自己多年的熏香配方无偿地送给了一家香精香料厂。老人家对自己的做法看得很开："我要把自己知道的东西留给后来人，不能带走。"

1985 年，父亲病逝于家中，终年八十四岁。家人把他安葬在卢沟桥回民公墓。

他把芬芳留给了热爱生活的人们……

父亲张我军的早年经历

张光正

我的父亲张我军是一个台湾人，他在大陆度过了近半生，还有我这样一个在大陆生活了一辈子的儿子。

父亲是一个穷苦家庭的孩子，从日本公学校（1895 年至 1945 年台湾被日本占据）毕业后到制鞋店当学徒。在制鞋店里他遇到了昔日板桥国小的老师林木土，介绍他到一家银行当小工。虽然开始只是一些倒茶跑腿之类的工作，但是因为他勤快认真，自学珠算写字，后来忙时行员便开始请他帮忙，由于他做得又快又好，一年多后就升为雇员。1921 年，他被发派到厦门刚成立的分行里当职员，闲暇时他向一位老秀才学习汉文。厦门当时文风颇盛，有许多文艺性的社团，老秀才也是一个文社的成员，每十天就聚会

图1 少年张我军。约摄于 1915 年。

一次。老秀才见我父亲字迹清秀，便请他担任记录的工作。在耳濡目染之下，父亲对祖国文化产生相当大的崇仰之情。此时正值五四运动高潮的时候，父亲受到了很大的影响，因此他便下定决心到北京读书。1922 年至 1923 年那段时间，台湾遭逢了经济不景气，厦门分行也受到了影响，不得不倒闭，父亲拿到了几百块钱的遣散费，于1924年初来到了北京。

深冬的北京寒风刺骨，遍地白雪，屋檐枝丫上垂着厚厚的冰挂，这种景色，是父亲这个南国来的青年从没见过的。这时候他不过是一个二十二岁的青年，离乡背井只身赴京，投靠了在厦门认识的台湾乡亲张钟铃。当时台湾人来京多半住在福建省所属的各府、州、县所开设的会馆，只需付很少的租金，就可以在备有简单家具的房里暂住。父亲住进了宣武门外的福建泉郡会馆，除了适应北京的生活、学说北京话，他也结识了不少在北京的台湾文人。

这次父亲只在北京待了不到一年的时间，但是他在这一年里做了许多事情。首先他把祖国的新文学介绍到台湾岛内，并登载在台湾的《台湾民报》上；同时他给《台湾民报》投了《致台湾青年的一封信》《糟糕的台湾文学界》两篇文章。这两篇文章对台湾旧文坛进行了抨击，可以说是抛给暮气沉沉的旧文坛的两枚炸弹，被学者认为是推动台湾新文学运动非常重要的文献。此外，父亲后来出版的台湾第一本新体诗诗集《乱都之恋》中的三十三首诗，也是在这段时间写就的。这本诗集不仅对推动台湾新文学有着重要的历史性的意义，也记录了父亲与母亲结合的一场轰轰烈烈的自由恋爱。

我的母亲是湖北人，从小跟着外祖父从湖北到了北京。

图 2 1924 年 10 月张我军写下的《乱都之恋》，终因 1925 年与罗心结婚而圆满结束。此为婚后摄于板桥林家花园。

后来外祖父英年早逝，外祖母投靠兄弟，在叔公的照应下抚养母亲长大。母亲后来听说管事的四叔公有意把她草草嫁给一个年纪大又吸食鸦片的纨绔子弟，为了尽快毕业可以当个教员养家，获得独立的经济能力，便到师范学院的升学补习班学习，正好我父亲也在那里上课。有一天我母亲在整理衣物的时候，从她的衣服里头掉出一封信，信上也没写什么东西，只是一首诗。这首诗叫《沉寂》，这个《沉寂》就是《乱都之恋》的第一首诗。诗是这样写的：

图3 1927年春，张我军（中坐者）与在北京的台湾同乡洪炎秋（右坐者）、吴敦礼（左立者）合影。

……

一个T岛的青年，

在恋他的故乡！

在想他的爱人！

他的故乡在千里之外，

……

他的爱人又不知道在哪里，

他常在寂寞无聊之时，诅咒那司爱的神！

她看着这首诗觉得莫名其妙，因为这首诗一方面怀念故乡，一方面是想自己的爱人，但是这个爱人在哪呢？似乎他自己也还没有头绪。我母亲看了这诗以后，就找了一个常照应她的大姊请教，这个大姊读了后便说这个青年会作诗，应该是很不错的，我来帮你打听一下。后来她打听到了，写这首诗的是一个叫做张我军的青年，也就是我的父亲。20 世纪 20 年代那时候，男女间还不能自由恋爱，不能够私下来往，所以他们的来往是偷偷摸摸进行的，我母亲以借杂志为名，由这位大姊陪她去。

后来，父亲带来的遣散费用尽，迫不得已离京返台就任《台湾民报》的编辑谋生，他们就分开了。他给母亲的信件都被四叔公扣押，母亲得不到父亲的消息，内心十分焦急，加上此时又有人上门提亲，四叔公便擅作主张，定下了这门婚事。父亲的好友洪炎秋见情势紧急，拍了一封电报给父亲，父亲收到电报之后立即赶赴北京，与母亲相约私奔南下。当时，母亲只穿着一身的学生服，什么东西也没带，就和父亲一路奔逃到厦门。三舅公和外祖母收到母亲的信后，便寄来钱与衣服，要他们立即正式结婚。于是父母亲便从厦门到了台北，那时候是 1925 年。他们在台北的江山楼请了两桌客人并举行结婚典礼，主婚人是《台湾民报》的负责人林献堂。在台北结婚前，他们在厦门就

图 4 童年时代的作者。

领了国民政府的结婚证，从这个事情上可以看出我父亲的用心，就是他以为他仍然是一个中国人，虽然他们是在被日本占领下的台湾结的婚，但是他们仍是中国人，因此他们的婚姻也要获得国民政府的承认。

结婚后没有多久我母亲就怀了我，但是因为母亲不是台湾人，外祖母也还在北京，她就想回北京生产，毕竟她对台湾水土并不是很适应。所以在 1926 年父亲征得台湾民报社的同意，以驻北京记者的身份离开家乡，回到了北京。一到了北京母亲就生下了我。

先父的两张老照片

祝伟坡

先父唯一的也是最珍贵的遗物，就是这两张老照片。图 1 是单人全身立相，穿着中式深色短褂长袍、黑鞋白袜；图 2 是双人半身相，父亲坐着，穿着浅色西装，旁边站立者是其表弟。两张照片，父亲穿着不同，相貌神态是一样的：留着背头，两目平视前方，安详自然，似有微笑，显出办妥一桩要事之后的轻松神情。

图 1 下边，清楚标明“贞记，北平护国寺西口，电西二三八一”，左下角有一方印章，上篆“萼楼”两字。图 2 没有注明拍摄地点。母亲说，这两张照片，都是事变（七七事变）前同一个时候，在北京（平）照的。同时拍的两张照片，着装却完全不同，一张是典型的中式服装，另一张是标准

图 1　父亲的单人全身立像。

的西服洋装，鲜明的对比，反映了当时中国社会的某种状貌。

面对老照片，我多次凝视沉思。父亲的照片虽是清晰的，但父亲的形象和往事，在我脑海中却是比较模糊的。父亲中年病逝，当时我还不满五周岁。在我的记忆中，只有三件小事还有印象。一是有一天晚上，我从父亲身边拿到一个手电筒玩，一鼓捣亮了，又一鼓捣灭了，反复一亮一灭，觉得挺好玩的；二是1939年春节，过大年，父亲教我放鞭炮，把鞭炮放在屋门口门墩上，用一根燃着的香去点炮，不知怎么回事，炮响了，却突然崩到炕上，把被子烧煳了一块；第三件事是这年夏天，父亲抱着我玩，把我放在影壁墙前面一个高台子上，父亲比我还高一头，觉得他挺高大的。

依据母亲和本家族长辈对父亲的回忆，虽然只是点滴的生活侧面，仍可从中管窥父亲的出身、经历、文化修养和为人处世的概况。

父亲的名字是祝宜棣，字萼楼，1906年9月22日（清光绪三十二年八月初五日）生于直隶（今河北省）魏县秦庄村。家庭是书香门第。祖父祝树声，字振家，小时候在私塾读四书五经。1905年废科举，改为学堂教育。祖父是大名府最早一期新式学堂的毕业生。祖父的堂弟祝树滋是我的启蒙老师，他不止一次对我说，你爷爷从大名府新学

图2 父亲与他的表弟双人半身像。

堂毕业，相当于中举，坐轿回来，还没进村，早有人来报喜，在村头点鞭放炮，迎接庆祝，非常热闹。我亲眼看见过祖父在新学堂写的几个作业本，画的三角几何图、写的算式题和文字说明，非常整洁漂亮，无一涂改处。祖父是当时本村同龄人中学历最高的文化人。我的高祖、曾祖有什么功名，不清楚，推测也应是有较高文化知识的，不然，在当时的社会历史条件下，不可能把祖父培养成相当于举人的新学堂毕业生。再则，那时儿女结婚，很讲究门当户对，我祖母是晚清聂姓进士的长女，他们不可能把女儿嫁到一个没有文化教养背景的家庭。

说到父亲的外公进士，还有个有趣的故事。他在北京参加殿试，做完文章复查时，发现不慎将考卷揭了双页，即文章中间有两页空白纸，出这样的差错，肯定会落榜的。他文思敏捷，把两页空白纸补写上文字，而且与上下文衔接得天衣无缝，结果，居然考中了进士。这一美谈，从祖辈一直流传到我这一代。父亲有三个舅，都有相当高的文化修养。大舅曾是民初的河北省议员，二舅是冯国璋任副总统时的国会议员，三舅留学法国。

父亲小时候也是上私塾，读经习字，后来也到大名上新学堂。当时家境富裕，但旧中国农村缺医少药，祖父不幸中年病故，父亲辍学回家，主持家务。父亲是长子，有一个弟弟和两个妹妹，年龄都较小，操持家务的担子，就落在了他的肩上。

父亲的第一任妻子，生下大姐后不久就病逝了。我的生母是续弦，先后生下二姐、我和弟弟。母亲多次念叨父亲的一些往事，给我印象最深的有三个方面。

一是父亲很孝顺。祖父中年早逝后，祖母多年有病，常年卧床不起。父亲请医看病，煎汤熬药，尽心尽力，照顾护理，无微不至。如果有事外出或从其外公家回来，必先到堂屋看望祖母，嘘寒问暖，然后才回自己房间。由于父亲带领全家人精心照料，祖母多年的病痊愈了，活到九十岁高龄。

二是父亲脾气好。母亲多次对我说，你父亲好脾气，我们结婚后，没有对我发过脾气，没有吵过嘴，也没见他对别人发过脾气。当时家境殷实，街坊邻居有困难来求助，父亲不但和颜相待，而且在财物上，多少都要给予一定的资助。父亲好脾气，并不是没脾气。我二姑——父亲的小妹——曾向我讲过一个早年故事。二姑新婚之后和新郎一起回娘家，娘家人为新郎准备好了丰盛宴席，可这位新郎年轻气盛，不懂规矩礼节，不知何故竟不辞而别。父亲对此非常不满。二姑说，就因为这件事，父亲一直没去过她家。可见，父亲对于不顾礼节、没有信义、不讲道理的人，是很反感很有脾气的，采取的态度就是三个字：不理睬。

三是父亲能写一笔好字。每年一进腊月，父亲就开始写春联，本家族和街坊邻居，许多人都请父亲为他们写。父亲先写别人的，最后写自家的，往往一直写到大年三十。我们住的东屋，多年来都张贴这样一副春联，想来可能也是父亲写的：“多读孔孟书有仁有义，少饮杜康酒无事无非。”横批是“读耕传家”。这副对联对我有潜移默化的影响，后来等我能写毛笔字了，到春节，也写这副对联贴在门上。

母亲说我父亲还能写梅花篆字，可惜我没见到他的篆字手迹。我亲眼见过父亲的几本书法：浅黄色竹浆纸，米字形红方格，大字楷书，端庄而又舒展，遒劲而又俊逸，潇洒而有活力。我看父亲的楷书，比现在一般书家并不逊色。父亲的二舅曾说，大外甥饿不着，即便将来家穷了，到北京卖字，也能挣钱过日子。这也说明，父亲的书法已达到相当高的水平。

20 世纪 30 年代初期，父亲为留学法国的三舅汇款赴北平。办完汇款手续后，拍了这两张照片留念。图 2 中的站立者，是父亲二舅的长子、北平辅仁大学的学生，大名记不准了，小名叫秋宝，1949 年前后我见过他，称他为秋宝叔。

父亲邓广铭执教复旦大学的日子

邓可蕴

因为日本侵占了香港，爸爸的薪水无法从后方兑汇到北平，我们在北平完全没有了经济来源。妈妈只好带着姐姐和我，在1943年元月离开北平，辗转经过河北、山东、江苏、河南、陕西、四川等六个省，途中走了近半年，终于在1943年6月2日到了重庆，见到了爸爸。

这时，我的爸爸邓广铭（字恭三）刚刚（从在宜宾李庄的西南联大）转到重庆北碚夏坝的复旦大学史地系（系主任周谷城）教书，没有可能再让家眷也去。我和妈妈只得在重庆的南岸杨家山（村）租住一间农舍。这农舍是用四面房屋的墙为墙、上面搭一个顶而成，亮光由屋顶上三片玻璃瓦透入，进出则需经由侧面邻居家的堂屋。我在杨

图 1　1935 年爸爸、妈妈和姐姐合影。当时爸爸读北大史学系三年级。

家山读了小学三年级上学期。在爸爸第三次从夏坝回来时，过了春节，我们就离开杨家山，搬到北碚了。妈妈在北碚天生桥小学教书。

1944 年 4 月，我第一次去复旦大学，那是个阳光明媚的星期日。我和爸妈三人从北碚坐小木船过嘉陵江，到对岸夏坝的码头下船。沿石阶而上，迎面就是复旦大学的校门。

进了校门，满眼都是盛开的鲜花和草坪，在阳光下甚是温馨可人。中间大花坛的后面，是二层楼房登辉堂和礼堂、教室、行政办公区；花坛左右是花圃绿地、篮球场；再往右是相伯图书馆，往左是大操场。每条路的两侧都是绿篱，或是红、黄、白、蓝各色花草。爸爸说，复旦的校园这么漂亮，得归功于复旦农学院，校园是他们设计、布置和管理的。

爸爸的住处，是复旦大学的教师单身宿舍“南轩”。两栋平房中间，有一片修剪整齐的花园，每栋内有 20 间小屋，爸爸住在靠西侧这栋，进门右拐右手第一间，大概 9 平方米，窗户正对着花园。花园里几行桉树已挺拔成荫，晚香玉、大丽花和其他草花鲜艳喜人。爸说，在食堂吃罢晚饭，教师们就在小园子里或去嘉陵江边的梧桐大道散步，到了傍黑又各进自己的“蜗居”看书、备课。著名学者曲仲湘、陈子展、夏开儒等那时都住在南轩。更多带家眷的教授住在教授新村里。

后来我才知道，登辉堂为是纪念1913年至1936年任复旦校长长达二十三年的李登辉先生而建。相伯图书馆是为纪念1905年创建复旦大学的首任校长马相伯先生而建，爸住的南轩，则是取自前任校长吴南轩先生（1936年至1943年2月任复旦校长）的名字，当时的校长章益先生（1943年2月至1950年任复旦校长）希望后人记住他。

爸爸在复旦大学的史地系教中国通史和几门专业课。1944年春夏之交的一个星期天，我和妈妈过江去看爸爸，他那斗室里已站了四个男学生，是来向爸爸辞行的。学生们离去后，爸爸说："这几个学生都不是史地系的，但学习都不错，而且他们的英文水平也不错，现在要去云南投孙立人的青年远征军打日本鬼子。学校承诺为他们保留学籍，今天来辞行，还说等打完日本鬼子，回到学校要接着把我的中国通史修完。"1945年日本投降后的那年深秋，我和爸爸在校园内竟遇见那四个学生中的一位，得知他们四人回来了两人继续上大学，另外两位下落不明。

1945年夏天，我在北碚师范第一附小已考上高小。不久，妈妈在复旦小学谋得了一个小学教师的职位，还有一间房可住。于是大人们忙着整理什物准备搬家去夏坝（复旦）住。一天，爸爸对我说："你是闲人，给你两块钱过江，把我的工资取回来。这次工资可不是副教授而是教授了，涨钱了。”事后我才知道，爸爸在复旦教书两年，不单讲课效果好，而且还组织高水平的学术交流活动，非常受欢迎，外系学生也慕名纷纷选修中国通史，听课的人越来越多，以至于他的授课教室从普通教室挪到一个大教室还不行，最后只能挪到大礼堂上课了。加之他这两三年又相继出版了两部专著《陈龙川传》和《岳飞传》，所以学校决定提升他为教授，时年三十八岁。

这次给爸爸取工资的过程，让我至今不忘。我拿着两块钱从北碚中山路向码头走去，在街上遇到两位退伍伤兵，拄着双拐，伸着黝黑的脏手请求帮助，并说他们的军长是张自忠，已为国捐躯了，他们受伤从湖北流落到此。我猛然想起清明节时，班主任王老师带我们去天生桥的梅花山，给抗日英雄张自忠上将扫墓、鞠躬……我流着眼泪就给了他们一块五毛钱（留下五角买船票过江，返回时我可以从爸爸的工资中拿钱买船票）。但是我没料到，当我下了船，爬完那一百多级台阶，进到登辉堂找到财务科时，他们早就下班锁门了！要等两个小时才上班。这时我又渴又饿又没一分钱。情急中，我突然想起上次在南轩食堂认识的邱伯伯，他在总务处负责管理学校食堂，我在南轩食堂果然找到他了，说明了原委，他夸奖我做得好，说邱伯请你吃午饭，当即给我买了一个“加菜”——我从未吃过的咸烧白，

图 2 嘉陵江东岸的台阶直达复旦大学大门。

很好吃。下午，取了爸爸的工资，回到家，爸妈只是相对大笑。是不是他们觉得，我这不满十周岁的孩子开始能办点事了？

1945 年夏天，家搬到夏坝，在南开中学的姐姐放暑假也回来了。一天下午，我正在复旦小学的操场上玩，忽然听到北碚那边传来很大的大喇叭声音："同胞们，日本鬼子无条件投降了！"听到第三遍我才缓过神来，跑回家告诉妈妈，她和姐姐也跑出来听，妈妈激动地抱住我们俩，边流泪边说：日本投降了！咱们胜利了！这天是 1945 年 8 月 15 日。霎时间嘉陵江两边，到处都响起锣鼓声、唢呐声，大学生们涌到校园，欢欣雀跃。

爸爸也从暑假"打工"的北碚国立编译馆回来了，第二天领着姐姐和我，参加了复旦大学在大操场举行的欢庆抗日胜利大会。操场上摆的长条凳根本不够坐，更多的人站在四周，人们争着上台讲话、唱歌、唱京戏、朗诵诗歌，没有乐队没有胡琴，可台上台下情绪高昂热烈。章益校长讲完话走到人群后边，站在爸爸身旁说："恭三，你是北方人，上去唱段京戏吧！"爸爸笑说："乃翁不行，孩子行。"于是姐姐和我高高兴兴地上台各唱了一段京剧。

没过几天，北碚的文化界在儿童文化馆礼堂举办"欢庆抗战胜利文艺演出"，爸爸带我去了。当时在国立编译馆工作的老舍、梁实秋两位大家，身穿灰绸长衫，也上台表演了自编的相声，北碚师范的学生合唱团演唱抗日歌曲，还有京戏《黄鹤楼》《斩经堂》等，非常热烈，满园喜兴，人人都浸润在"日本鬼子无条件投降了""抗日胜利了"的无限快慰之中。

图3 复旦小学的同学们。1946年早春摄。

我在复旦小学读五年级。当时教语文的顾老师是班主任，其他各科的老师大都由复旦的大学生们担任。教历史的徐淑蕴老师是中文系的，教音乐的老师是西语系的。生物系的助教李瑛老师教自然课，她带我们在大学校园里辨识各种农作物、花、草及其习性，带我们去夏坝后面的农村，识别野草并做标本，非常有趣。我们在学校都热心学习，关心时事。

复旦大学青年馆在我们小学的南侧，只隔一条窄路。我常常倚在青年馆大厅里的墙角，看大学生们在这里排练合唱、话剧和京剧。待他们在大礼堂正式演出时，爸妈就叫我早早去排队买前排的票。我看过他们演的洪深先生编剧的《寄生草》，徐淑蕴老师在里面演女主角，妈妈的远房表弟、新闻系学生李炳泉演男主角；他们排演曹禺的《雷雨》，我们的音乐老师在剧中演四凤呢。大学生们排的京戏也很精彩，《四郎探母》《打渔杀家》《追韩信》《生死恨》等，行头、乐队一应俱全，尤其有一位女大学生索景章，她在《雷雨》里扮演繁漪，又在京剧《二进宫》里以女老生演杨波，演得都十分出色，是校园名角。

到了 1946 年早春，爸爸和史地系的学生们去北温泉春游，也带我去了。大家从复旦农学院的花圃走到东洋镇，过江到嘉陵江西岸，上了公路沿嘉陵江往上游走，很快就到北温泉了。这里本是缙云寺下院，上院在山顶，已有一千五百多年历史，但几经战乱已近破败。抗战前由当地实业家、民生航运公司老总卢作孚修弥大殿，增加了园林和浴室浴池等，建成北温泉公园。从北温泉向西径直走小路爬山，最后到了缙云山山顶的缙云寺。在寺内喝着住持送上的清香四溢的绿茶，看着外面盛开的白玉兰，让我觉得仿佛到了仙境一般。

从缙云山下来，沿江边公路继续朝西北走，没多久就到了澄江镇山坳里的荣军院。这些伤残军人都是从抗日前线受伤下来的。荣军院分若干组，分别从事编草鞋草帽、装订本册、打制粗细麻绳、制作木竹家具等工作，他们尽量自食其力，以减少政府负担。

日寇投降后，国民政府教育部任命胡适为北大校长，在其未回国前由傅斯年任代理校长。1946年4月傅先生约我爸去重庆，并告知："北大决定请你回史学系教课，同时帮助我办理校长室的一些事务。你我5月初要回到北平。"因此，在爸爸离开夏坝复旦大学之前，他和妈妈又带着我从缙云山南坡爬山去了一次缙云寺，并且在北温泉住了一天。我明白，爸爸妈妈是在向北碚和夏坝告别了。当时爸妈非常欣赏、称赞缙云寺里的一副对联，嘱咐我抄下来保存好。

那副对联是："你可知此身不能久在何必急急忙忙干些歹事；我却晓前生早已注定只有清清白白做个好人。"

我的父亲苏静将军

苏晓林

我的父亲苏静是参加过长征的老红军。我小时候，他从不给我们讲过去的革命故事，更不提他有过什么功劳。父亲去世的前一年，在一次采访中，他说战争年代自己最大的贡献就是辽沈战役攻打锦州时向林彪建议采取坑道近迫作业攻城的战术，被林彪采纳。

其实，战争年代，父亲的贡献远不止这么一个建议！聂荣臻元帅在他的回忆录中写道：“红军过草地，苏静同志在前边开路是有功的。”当时，红一军团走在最前面，父亲任红一军团侦察科参谋，确实是在为整个长征的红军开路。突破腊子口后，毛主席亲自到一军团指挥部队北进，父亲每天早晨都要带上行军路线图向毛主席报告当天的行军路线。总参测绘局的同志看到聂帅的回忆录，打算写一篇题为《长征路上的开路人》的文章，希望父亲提供材料，父亲认为不妥，文章没有写成。整个长征途中，父亲绘制了数百张行军路线图，仅存的几张，至今仍珍藏在中国历史博物馆。

父亲虽然谨慎、寡言，却非常机警、聪明。1935 年深秋，红军初到陕北，为图向北发展，父亲随林彪、左权到瓦窑堡以北地区勘察，在大沙漠中迷了路。左权问父亲该怎么办，情急之下，父亲想到“老马识途”的成语，便下了马，放开缰绳，果然，识途的老马真的把他们带上了归途。

1938 年一一五师进军晋西的孝义地区，当时父亲在一一五师任侦察科长，国民党军派了一名联络参谋及其随行人员前来做联络工作，而实际上是进行侦察、策反的特务活动。父亲负责与之联络并接待他。在接触过程中，由于父亲对他始终保持高度警惕，所以及时通过观察他们的行动和师机要科译电员的表现，发现了他们通过金钱引诱，收买了那个译电员并骗取了密码本的严重问题。父亲果断、巧妙地收回了密码本，不动声色地处理了变节分子。随后，父亲决定通过在与其密切接触的过程中悄悄获取他们的密码线索。每当父亲装作无意地“透露”一些部队“情况”后，那个联络参谋便如获至宝，当天晚上就用电台把情报发回去，而父亲却在一旁装睡，在被子里偷偷将其发出的电码记录在本子上。经过大量“情况”内容与电码校对，我军有效地破译了国民党军的密码。

东北解放战争初期，敌我力量悬殊。我军装备奇缺，部队分散，通讯不畅，没有后方及群众支持。父亲当时任东北民主联军“前总”情报处长。一百多人的情报处在父亲的精心组织领导下，工作卓有成效，掌握了大量敌军情报，为“前总”指挥作战提供了有力的保障。

1946 年 2 月 11 日，敌八十九师二二六团和二六五团一营及师属山炮连、运输连孤军深入至秀水河子，远离其主力达三天以上路程。父亲仔细核实了这一情报，立即报告林彪，林彪当机立断，就近调集了 7 个团的兵力将其一举歼灭。这是我军进入东北后，对国民党军取得的首次重大胜利。此后，4 月 15 日，情报处又以准确的情报保障了大洼战斗的胜利，歼敌八十七师 4400 余人。林彪对其秘书季宗权说过：“一个苏静等于十万兵。”有可靠的情报作后盾，林彪经常通过电台直接指挥到师、团一级。

以上这些，父亲都是有功劳的，为什么他一概不提，却把一个建议看得如此重要呢？父亲去世后，我开始注意阅读一些有关解放战争东北战场的书。1948 年辽沈战役的关键是攻打锦州，而当林彪得知敌增兵葫芦岛，对攻锦构成威胁时，一度信心不足。林彪的担心不是没有道理：锦州与锦西相距只有40公里，我军只能依据其间无险可守的塔山阻敌。塔山阵地实为坡地，正面宽达10公里，南面大小东山和影壁山均被敌军占领；东临渤海湾，易遭敌舰炮火攻击。当时敌锦西方面出动10个师增援锦州，蒋介石率军舰亲自指挥，加上敌机轰炸，是自解放战争以来第一次真正的海陆空大战。林彪派了2个纵队、2个独立师、1个炮兵旅死守塔山，还不放心，又把一纵放在塔山与锦州之间做预备队，派父亲去塔山的四纵督战。战后，四纵的同志戏称父亲“监军”。听父亲说，我军奔袭锦州，燃料只够单程使用，如果被迫撤离，我军积蓄两年的重装备——重炮、坦克和装甲车——就都要扔在锦州了。

坑道近迫作业是二纵五师参谋长汪洋在攻打义县时提出来的。父亲与炮兵司令朱瑞亲自前往义县前沿，发现了这一攻城方法，与父亲走在一起的朱瑞不幸触雷牺牲。10月5日，父亲在义县以北的公路上见到林彪、罗荣桓，马上作了汇报。10月7日，父亲又到林彪住处，再次详细汇报了坑道近迫作业攻城的具体经验。林彪极为重视，立即给攻城各纵、师发电，要求每师用三分之二的兵力抢挖五条宽高各1.5米的交通沟至敌阵地五六十米处。部队借此大大减少了伤亡。敌守军司令范汉杰被俘后，十分感慨地说，一见到这么多交通沟，就感到守城无望了。

进入东北后，父亲就在四野司令部工作。60年代初，罗荣桓元帅委托父亲组织一个班子编写四野战史，父亲为此付出了很大心血。90年代，陈云提议父亲担任了四野战史领导小组副组长。1997年，因对四野战史的编写持不同意见，父亲辞去领导小组副组长的职务，住进解放军309医院，此时癌肿已遍布父亲的胃、肝、肺和腹腔。一个多月后，父亲病逝于309医院，终年八十七岁。

北平和平解放前，父亲只身潜入北平，代表我军与傅作义的代表邓宝珊共同起草签订了和平解放北平的协议书。父亲到北京工作后，我们家一直住在一个很旧的四合院里，窗户还是纸糊的，一半的房子没有暖气，一到冬天，我们就要挤到父母有暖气的三间北房里。整个院子住了近十户人家，夜里院门也经常不关。父亲成为国务院业务组成员后，计委的同志看到父亲的住房条件，觉得说不过去，就以安全为由，提出要给父亲另找一套四合院。可父亲坚决不同意。父亲的汽车是一辆旧吉姆车，时速一超过80公里，水箱就开锅，一次去天津，不得不一再因此而停下来。

母亲是1938年参加革命的，1939年任县委妇女部长，同年转入八路军一一五师政治部任干事。1955年军队授衔前，要求女同志一律复员，当时母亲正患肝炎和早期肝硬化，此后就成了名副其实的家庭妇女，几十年没有拿过一分钱的工资。母亲一直对父亲有意见，当初是父亲一再动员母亲复员的。父亲每月工资 325 元，这在当时可谓高薪，但因要养十口人，日子过得依然紧张，记得那时经常每月提前十天就要预支工资。我们兄妹几个平时很少吃到水果、糕点，衣服是老大老二轮着穿，总是补丁摞补丁，鞋子也是母亲一针一线亲手缝出来的。

1949 年傅作义送给父亲一套毛衣毛裤，他一直穿到 1964 年，因为是机织的，不能重织，母亲将破洞补好让我穿，我又一直穿到 1975 年。当年傅作义送的一块手表，母亲一直戴到 1972 年。

父亲对生活上的要求很低，除了抽烟的开支必须保证外，其他方面都很简单。对身边的工作人员，父亲从来不提什么要求，做错也不批评。有一次，父亲去中南海开会，打开车门，又想起还有一件东西未拿，关上车门转身回去，司机张怀德是一位解放战争负伤下来转成职工的老排长，每次他都是在听到父亲关门的声音后就开车，这次他还和以往一样以为父亲上了车，开着空车就走了。父亲出门一看车没了，很着急，警卫干部赶紧拦了一辆出租车。到了中南海，出租车进不去，父亲只好步行走了很远的路才赶上了开会。这事是张师傅自己说的，直到父亲去世我们也从没听他提起过。

在红军干部中，父亲的文化水平算是比较高的。他上过师范，曾因学生运动被警方追捕逃到缅甸，在当地教书收入颇丰，学会了照相。九一八事变，父亲回国参加了红军，因为父亲会照相，所以缴获了照相机后，就让父亲使用。他拍摄的朱德军长在机枪训练班上讲话的照片保存在中国历史博物馆和军事博物馆内，是红军时期拍摄的第一张照片。解放后，罗荣桓出国访问带回一件礼品——莱卡牌照相机，还带有一个长焦镜头。罗荣桓把它转送给了父亲。然而，父亲拍摄过朱德的照片却没有同朱德的合影，长征时常和毛主席在一起却没有与毛主席的合影，以后也同样没有留下与周总理、李先念、罗荣桓、林彪的合影，最可惜的是没有留下与傅作义的合影。

硬汉父亲

王玉春

父亲一生受尽贫穷和苦难，可谓命运多舛。

我家祖籍山东，父亲出生在1910年。他在世时常和我讲，人生的三大不幸他都摊上了：一是幼年丧父，二是中年丧妻，三是老年丧子。由于劳累，在我父亲八岁的时候，爷爷就去世了，扔下奶奶和父亲无依无靠。在山东实在活不下去了，奶奶只好带着父亲，随着逃荒大军一路讨饭来到东北。一路上，他们风餐露宿，历尽千辛万苦，徒步数月，有时一天也吃不到一口饭，遇到好心的人家，看他们娘俩可怜，给点饭吃，安排住一宿，有时睡在人家的院子里。最后，娘俩在吉林省长岭县的一个小村子里定居下来，奶奶给一户王姓地主家做佣人，父亲给他家放猪、放羊，

图 1 父亲在北京拍摄的单人照。

勉强维持生活。

我出生于 1945 年。在我三岁的时候，我的奶奶和母亲先后去世。先后失去两位至亲至爱，给父亲的打击是巨大的，但是父亲没有被悲伤和贫困压倒，凭着自己学到的一点木工手艺，起早贪黑地干活。当时父亲学的是比较粗的匠活，就是盖房子，做马车、牛爬犁、寿材等活计。父亲凭着自己硬朗的身体维持着一家人的生活，把我们兄弟姐妹六人养大，后来二哥和三姐还上了大学。

处理完奶奶及母亲的丧事，父亲带了工具到长春打工，可是当时挣钱的活也不好找，到长春一个多月了也没挣到多少钱。这时在乡下的大哥正为来年的种子没钱买发愁，他觉得父亲去长春一个多月了，可能有点收入，就只身来到长春，找到父亲说明来意。父亲知道后说："咱俩去火车站看看能不能找点活。"真是"天不灭曹"！车站里正好有几车厢的煤找人卸，条件是卸一车煤60元（1元一吨），必须在第二天上午10点前卸完。于是父子俩就包了一节车厢，简单地啃了几个馒头，父子俩就开始卸煤。一昼夜父子俩也不知累到什么程度，身上只穿了条短裤，流下的汗都是黑色的，在第二天10点钟前硬是把这60吨煤卸完了。这60元钱总算解决了买种子的问题。

1952年初，父亲和十几个师兄弟到长春打工，正赶上长春市重工业某建筑公司（今吉林省建一公司前身）招工，条件是考核手艺和检查身体，他们十几个人，只有父亲被录用。其他人都说父亲命好，其实是考核的人看中了父亲硬朗的身板。这之后，父亲就成了一名正式工人。

1953年，父亲因技术和身体条件都比较出众，被公司派往北京，参加人民大会堂等十大工程的建设。图 1 这张照片就是完成任务后，父亲返回长春前在北京照的。这是我们家保留时间最长的照片，至今已经六十五年了。

父亲的一生为了我们这个家，为了六个未成年的儿女操尽了心。特别是 1960 年，大姐得了肺结核病，大口大口地吐血，体重由原来的 120 斤降到 70 斤，眼看着不行了，长春的一家大医院下了病危通知书：此人活不到三个月。救女心切的父亲被逼得走投无路，不得不求助于单位。单位领导到我家看到这种情况，给开了一张介绍信，让大姐以父亲单位职工的身份住院。又经长春市卫生局帮忙，把大姐转送到蛟河县结核病医院住院治疗，费用从父亲每月工资中扣除，后来每月工资中都有扣款条。去蛟河医院的途中也不是很顺利，父亲生前常和我讲，他是如何艰难地把大姐送到医院的。当时由于看病心急，火车到蛟河车站后父女俩忙着下车，可一打听，从车站到医院足有十里路。当地又没有公共汽车，而且天已擦黑了，没有别的办法，只好顺着铁路走吧。两人走了一里路，大姐就实在走不动了，父亲便背着大姐走。可背着走了一段路又不行了，大姐说压得她胸口疼。怎么办呢？父亲只好让她骑在自己的脖子上，驮着她走。父女俩就这样走走停停，一直走到深夜才赶到医院。医院的人说："你们怎么才来？再晚一点，

图 2 父亲生前最后的留影。

床位就没了，只好住走廊了。”不管怎样，大姐总算有救了，再苦再累父亲都感到很值得。就这样，大姐在医院治疗几个月后，病情有所好转。后来因为花钱太多，父亲单位催得紧，大姐只好出院。后来大姐找到了工作，结婚生子。但因为病情反复发作，在后来的十多年里又多次住院，最终在1978年10月病故于蛟河县结核病医院。大姐走在了父亲的前头，年仅四十岁。大姐的去世，给父亲的打击很大。

父亲一生无私，乐于助人，邻居家的老人病了，他会抽空去照看，喂食喂药。记得一位苏姓老汉，临终前三天都是父亲照料的。父亲一生对名利看得很淡，单位给他发的几张奖状都让我包书皮用了，他也不在乎。他干了一辈子木匠活，但在我们家中却没有一件像样的家具。

现在走在长春市的大街小巷，还能见到很多当年父亲参与建设的建筑物，如伪皇宫、地质宫、汽车厂的老厂房、砖木结构的老宿舍楼，等等。每当看到这些建筑物时，都会想起当年父亲参与建设时的情景，油然增加一份对父亲的思念。

1979年初，单位组织查体时，发现父亲肝上有肿瘤，后经检验是恶性的。按父亲的体质原本能活到八九十岁，但退休后他经常在外边的小饭馆吃喝，染上了乙肝，后期发展为肝癌。几重病患的折磨下，父亲于1979年6月5日病故。

1979年5月2日，为纪念父亲一生于国于家的贡献，我提议带父亲去照一张相。于是，就留下了图2这张父亲与我们姐弟四人的照片。这也是父亲生前最后的留影。

父亲的长袍照

王尔福

这张照片，是父亲王念棋1943年在哈尔滨道外靖宇街“三友照相馆”拍摄的。那时父亲在位于道外桃花巷53号的“福升德商店”当伙计。父亲曾向我讲述这张照片背后的辛酸故事：在城里当伙计，跟在农村给地主当长工一样辛苦！父亲每天天不亮就得起床，晚上闭店后还要点货，常常忙到后半夜。即使这样从早到晚忙个不停，还常常遭到店掌柜的拳打脚踢。为了把当时六岁的我、八岁的哥哥和年轻的母亲接到哈尔滨，以离开那“足蒸暑土气，背灼炎天光”的苦日子，父亲借了别人的长袍、皮鞋，照了这张照片。当时，父亲被店掌柜打伤的右肩还在流着脓……为让一家老小高高兴兴闯关东，父亲向我们掩饰了自己的

父亲的长袍照。

生活真相。一家人团聚之后，父亲在一个门洞里出摊，卖些针头线脑等杂货养家糊口。

中华人民共和国成立后，父亲开了个“福源号杂货店”，以“货真价实、童叟无欺”赢得信誉。1956 年，父亲的店公私合营了，划归哈尔滨市土特产公司，父亲做了公司的采购员，月薪 60 元，而当时在中学当教员的哥哥月薪不过 36 元。父亲高兴地说：“这下，生活可就安定了！”父亲非常热爱新社会，积极参加市工商界举办的政治学习等各种社会活动。父亲比以前更爱说爱笑了，有时站在家门口，摇头晃脑，乐陶陶地唱上几句《四季歌》《天涯歌女》。

我从小就病病歪歪。五岁，因白喉动了手术；七岁，身长疥疮；十一岁，个头像人家六七岁，小脸蜡黄，不少人说我活不长。父亲与命运抗争，顶风冒雪，背着我四处求医，硬是把我从死神手里夺了回来……三年困难时期，父亲一人徒步到野外采野菜，有时还捡些鸡毛，梳理后卖掉，换点粮食填家人的肚皮。

1962 年 2 月 23 日，正当我大学毕业前夕，父亲在一次外出采购途中，突发脑溢血去世，终年五十一岁。每当想到父亲辛辛苦苦把我拉扯大，而我却未能尽孝，便自责、内疚，不禁潸然泪下……

父亲的老相机

夏立群

父亲有件珍贵的纪念品——一架德国蔡司伊康相机。

相机是抗日战争时期在一次战斗中缴获的。当时任骑兵连长的父亲奉命追杀一股逃窜之敌，全连战士挥刀奋进英勇作战，一鼓作气全歼鬼子兵。也就是在这次战斗中，父亲受了重伤，一颗子弹射穿大腿，击断动脉血管，从此留下残疾。战斗结束后，上级批准将相机奖励给父亲。从此，父亲便拥有了那个年代以至于后来好多年里最奢侈的物品。相机跟随父亲从抗日战争、解放战争到全国胜利，又跟随父亲工作调动，走过北京、青岛、济南等地。这架老相机凝聚了我们全家在各个历史时期生活的发展变化，喜怒哀乐。

图1 时任村长兼妇救会长的母亲与父亲合影。

那是一架老式的相机。打开后，镜头由机身内探出，同时将似黑牛皮纸折叠的暗箱拉出。拍照前将取景器打开，然后，要非常准确地调好光圈、距离。记得父亲为确保照片清晰，都是用步量。相机装120胶卷，一只胶卷拍8张，每张4英寸。因拍得少，父亲便用薄铝片儿作了一个框将相机进行了一番改造，便可拍16张了。

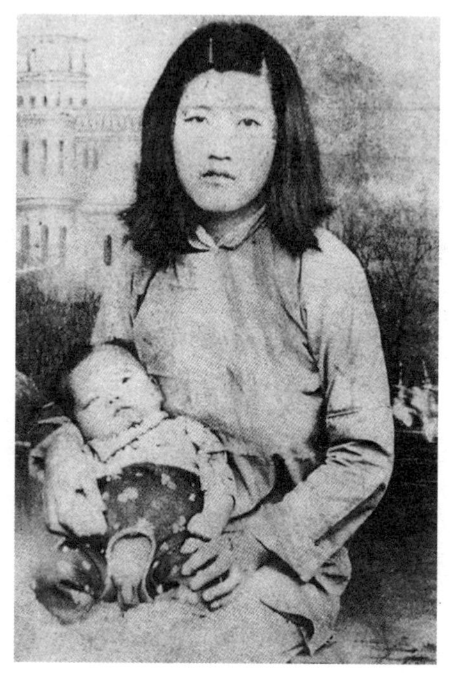

图2 母亲怀抱作者的哥哥。

我很喜欢翻看家里的相册，因为绝大部分照片是用这架相机拍的，好多张因年代久了，已经泛黄。扉页是父母最早的一张合影，也是全家最早的一张照片，大概拍于1943年：年轻的父亲身着四个兜到膝的八路军军装，头戴八路军军帽，脚踏翻皮大头鞋，精神抖擞，气宇轩昂，一副誓将革命进行到底的神态；时任村长兼妇救会长的母亲，长长的头发，到膝的粗布大襟衣衫，静静地站在父亲身边，矜持、内向，看不出是一个曾被敌人抓住后逃走，夜里一口气翻过三座大山终于追赶上队伍的勇敢女性（图 1）。另一张照片拍于1946年秋天，母亲怀抱不谙世事的哥哥（图2）。从母亲紧咬的牙关和凝视的双眸里，我读懂了两个字：坚强。1944年，母亲曾有一个儿子，由于战争的残酷和不便，父母将他寄养在老乡家里，后来去看时，老乡的房院只剩下一堆被敌机轰炸过的废墟。母亲失去了一个儿子，第二

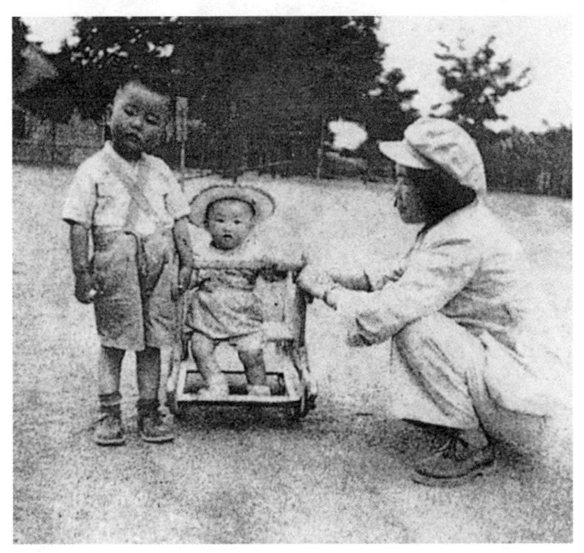

图3 母亲与作者兄妹。

图 4　身着公安装的母亲英姿飒爽。摄于 20 世纪 50 年代。

个儿子便坚持带在自己身边，晚上翻山越岭，白天做宣传工作，都将哥哥牢牢背在身上。

1949 年后，父母离开部队，转移到公安战线。20 世纪 50 年代初，父母在山东省公安厅工作。因为太小，我没有

图5 母亲与作者哥哥、妹妹以及一脸不高兴噘着嘴的作者合影。

留下记忆，只有父亲拍下的照片。父亲说我出生时只有4斤，纤小柔弱，爱生病。哥哥胖胖的，似乎脖子担不动头（图3）。

1952年底，父母调北京工作。父亲任中央公安学院教研室主任，母亲也在学院工作（图4）。建国初期百废待兴，培训新中国公安干部任务繁重，父母工作很忙，几乎整日无暇与我们谋面，更谈不上施与我们亲热与爱抚，我们都由保姆带大。但父亲总是抽空拿起相机，从小到大为我们留下不少永恒的纪念。稍大些父母便将我送进公安部的长托幼儿园，一两个星期接一次，与父母的感情更加疏远、陌生（图 5）。

1957 年夏天，上级批准父亲回山东工作的请求，调任青岛市委政法部长，母亲调任青岛市交际处人事科长。这一年，我上学了。家与学校步行 5 分钟左右路程，均与大海一条马路之隔，站在三楼的阳台上，浩瀚无垠的海面和蓝天下放飞的彩云尽收眼底。除了上学，海滩便是我和小伙伴嬉戏、玩耍，永远也待不够的地方。父母工作更忙了，白天上班，晚上开会，家务事基本由保姆料理，无忧无虑的生活充满阳光。这期间父亲为我们拍过不少照片，遗憾的是由于种种原因，丢失了许多。在青岛的后几年，父亲基本没有用过相机，好在教会了哥哥。1963 年的最后一个月，我们兄妹四人在海滩上自拍下了离开青岛前的最后一张合影（图 6）。

百无聊赖中，我们便用父亲的相机打发郁闷、闲怠的时光，愁中作乐。1969 年夏天，我们四人到农业厅大院拍照，哥哥创意并拍下了一组姐弟三人挽手并肩昂首前行的照片

图 6 作者兄妹四人在青岛海滩合影。

（图 7）。

1970 年冬天，寒风料峭，滴水成冰。春节刚过，我和几个同学便被“分配”到淄博市博山区边缘的大山里教书。交通不便，生活艰苦，十分想家。1971 年暑假，当知青的弟妹、教书的哥哥和我分别从各自的农村回济探亲，全家团聚，父母很高兴，便在家中自拍了一张全家福（图 8）。这是这十年全家唯一的一张合影。

1974 年，我在农村已待了四年。父亲经常写信鼓励我，我告诉父亲听说山里有狼，父亲写信说千年的武松能打虎，共产党的女儿难道还怕狼吗？要我虚心向贫下中农学习，好好锻炼自己。父亲的身体越来越不好。秋天，我请假回家看望父亲，父亲老了许多。

20 世纪 80 年代中期，各种类型的相机已经开始被普通百姓所拥有。我们平时拍照也很少再用这架老相机了，

图 7 姐弟三人挽手并肩。

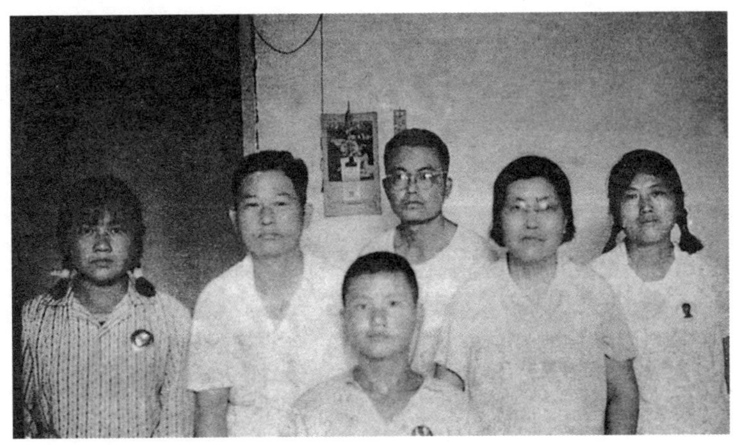

图8 全家福。

便将它保存在我的家里。1986年我搬家，不知怎么丢失了。父亲问过多次，我不敢说，只是搪塞应付。后来，我偷偷地告诉了母亲。直到去世，父亲便再也不曾提起过相机的事。

相机跟随父亲四十多年，记录了我们家的年年岁岁、风风雨雨，留下了许多珍贵的照片和美好的回忆。我深感对不起父亲，每每想起，自责、内疚之情无以言表。

父亲的信

杨弘绪

孩提时代，含辛茹苦的母亲带着四岁的弟弟和六岁的我留守沈阳。听母亲说，父亲因支援“三线”建设，在偏僻荒凉的朝阳市一家工厂工作。虽然年幼的我无法明白其意，但给我留下了深刻的印象。

五六岁起，父亲引领我识文断字，用铅笔一笔一画写下人生最初学会的汉字——人。至今我还珍藏着由父亲装帧的我用铅笔写成的两册小楷。这给我的童年记忆乃至之后的成长，留下了不可磨灭的印记。

20 世纪 70 年代，我上初中起多了一份作业——给父亲写信。那是一个物质和精神都相当匮乏的年代，电话远未普及，打长途电话只能到邮电局。话费贵、不方便，书

1963 年的全家福。

信是我们父子之间沟通交流的主要方式。那时候，父亲每月寄来一封信，从不间断。当年，我家住在棚户区，胡同里安静得很，常常可以听到邮递员自行车的清脆铃声，然后高喊着母亲的名字，有时候还要高喊："拿戳儿！"我知道父亲寄钱或邮单来了，觉得那声音格外亲切，仿佛父亲回家来了。每当收到邮递员送来的信，我立刻拆开，一字一句，一读再读。父亲在信里循循善诱，教我如何写信：如提及尊长，一律空格或抬头换行；如何读书，如何处理好与同学的关系，学会思考，学会生活……

父亲在朝阳那边，时刻关注着三百多公里之外的母子，忆旧授新，答疑解惑，字字含情，连错别字、欠妥的标点符号都不放过。有父亲做我的启蒙老师，让我在人生的旅途中，心有所盼，心有所安。

父与子在信笺上倾心笔谈，从中我感觉到父亲的脉搏和体温，洞悉他的喜、怒、哀、乐。在父亲看来，孩子会写信，能够倾诉自己的情感，就是长大了。

信封上，父亲每每精选一枚刚刚发行的纪念邮票，邮票的题材有“样板戏”、毛主席诗词等。至今我还坚持集邮，方寸之间浓缩着历史的轨迹。

父亲少年时只读过三年私塾，可他终生勤学不辍。从十五岁起离家学徒、经商，生性聪明好学。后来，他随着闯关东的人流，从山东蓬莱来到沈阳。近日，有幸读到父亲在1965年填写的一份履历表，“本人成分”一栏填报的是“行商资本家”。1979年9月16日8时45分，他在回沈阳办理退休手续、即将结束夫妻二十五年两地生活时，心脏骤然停摆。他带着永远不能说出的遗憾和对美好生活的企盼，离开了他深爱的土地和家人。那年我二十三岁，在乡下插队当知青。

父亲没有给家人留下什么物质财富，甚至连温情柔意的回忆，也极其有限。但是，他留下的一封封信笺让我们终生受益；他的音容笑貌，永远留在我们心中。

我的父亲是武工队队长

刘厚军　刘沪民

我们的父亲刘斌，1916 年 5 月出生在山东枣庄一个回族家庭。由于家境贫穷，弟弟、妹妹又多，所以作为长子的他从小就随爷爷做小工、挖河泥，十六岁下矿井挖煤，用自己的双手与爷爷一起挑起了全家的生活重担。

1938 年 3 月 18 日，日本鬼子占领了枣庄。第二天，父亲经过鬼子的岗哨时，没有给鬼子兵鞠躬，几个鬼子兵围上来将父亲痛打了一顿。第三天父亲就和全家人逃到了山里。后来，舅爷爷李微冬（回族，枣庄共产党早期领导人之一）在山里找到父亲，让跟他一起去抗日。舅爷爷以前经常给父亲讲革命道理，多次动员父亲跟他干革命。父亲不想把全家的生活重担都扔给爷爷，所以一直没同意。

那时父亲就意识到他舅舅是共产党，这一次说要抗日打鬼子，父亲立刻同意了。爷爷奶奶也深明大义，支持父亲去。1938 年 4 月，父亲跟着舅爷爷来到了枣庄西北的墓山，在那里参加了鲁南抗日义勇队，一开始担任供给员。1939 年 3 月，父亲由纪华、渠维英介绍加入了中国共产党，不久被调到宣传队工作，相继担任副队长、队长。宣传队有

图 1 1944 年间，新四军六〇团曾攻占过枣庄镇，后因日军从临城（现薛城）派兵增援便主动撤出。这是进驻期间与枣庄镇民政干部的合影。前排左二是父亲。

四十多人，绝大多数是有文化的青年，非常有朝气。部队行军时，宣传队同志先跑到队伍的前面，说快板、喊口号，进行宣传鼓动；部队过去了，又追到前面继续进行宣传鼓动；战斗打响后，就组织担架护送伤员。1941 年初，八路军一一五师的教导二旅来到鲁南，所在部队就被整编为一一五师教导二旅五团。

营救同志

1942 年 2 月，为响应“精兵简政”的号召，团里决定撤销宣传队。父亲被调到敌工股任工作组组长，在鲁南根据地最前沿的兰陵县开展对敌斗争，在贾庄、卞庄一带活动。贾庄是伪乡公所，驻有一小队伪军；卞庄是日伪据点。当时父亲的任务是分化瓦解伪军，在其内部发展情报关系，争取其建立为我所用的“灰色”政权。

1942 年夏天，父亲正在伪乡长刘建伍家搜集情报，刘志和（刘建伍的儿子）火急火燎地回到家告诉父亲，小队（伪军）查获了一个叫吴昆的女人，从她身上搜出一些“北海票子”（北海币，抗战期间中国共产党在山东抗日根据地发行的货币）。父亲一听，就觉得这个名字很熟，仔细一想，应该是当时鲁南区党委组织部部长魏思文的爱人，但没有

图2 1946年2月，枣庄第一次解放，枣庄镇首次成立了以回族干部为主的人民政府，镇长刘斌、镇委书记李宗海、副镇长李振哲、工委组织干部魏传璞、妇女干部李玉等人都是回族干部。图为1946年3月，在枣庄清真寺前与部分镇干部的合影。左二是父亲，右二是李宗海。

与她见过面。“她到这里干什么？”父亲问道。刘志和说：“她听说鬼子要‘扫荡’，就跑到敌区来，被他们（伪军）查住了。”父亲说：“不要紧，你先给陈贵勋（伪军小队长）做做工作，再告诉他我要找他谈谈。”父亲跟陈贵勋见面后，问陈：“听说你们查了一个从根据地来的人？”陈说：“对，我问过她，她说自己是老百姓，到这里走亲戚，顺便买点儿东西带回去。但兄弟们说她是女八路，还带了一些北海票子。你说这事怎么办？”父亲不动声色地反问他：“你想怎么办？”陈想了一下说：“根据地来的都是自己人，当然要放了她。”“这样很好！”父亲鼓励了他一番，让陈把吴昆交给刘志和带回去，并对陈说：“你要给队里的弟兄解释清楚，就说吴是老百姓，到这里走亲戚，带北海票子是为了顺便买些东西回去（该地区主要用伪币，但北海币民间也用），免得他们怀疑你私通八路。”后来刘志和当天就把吴昆送到山里去了。几天后，父亲收到了吴昆的一封感谢信。

图3 1946年3月，在清真寺大殿前的照片。左边是父亲。

夺粮锄奸

1943年初，五团为了加强敌后武装斗争，从团里抽调了一部分军事素质好、作战能力强的干部新组建了一支武工队，并且配备了精良的武器，父亲也是当中的一员。这年春天，武工队得到情报，西集据点的敌人将派一个连的伪军，押送几十车粮食到枣庄。武工队虽然只有四十多人，却配备了四挺轻机枪、四门手炮（掷弹筒），除短枪班外，其余三十多人几乎全是长短枪双套武器，作战能力很强，曾多次与日伪军作战且从未吃过亏。武工队埋伏在黑风口侧面凤凰山附近，这是敌人运粮的必经之路。当伪军押着四十多车粮食慢慢进入伏击圈，队长一声令下，队员们一起开火，打得伪军人仰马翻，鬼哭狼嚎，并俘虏伪军三十多名。当时山里根据地正需要粮食，武工队就动员群众把粮食送到山里交给部队，牲口车辆是伪军抢来的，全部发还给群众。

11月，父亲担任双山县六区区长兼区武工队队长，副队长叫李新志。武工队在枣庄以西齐村、城河、山家林一带敌占区活动。其间父亲与李新志曾带领短枪班夜闯齐村，镇压了一名迫害我党地下工作者、为日寇提供情报、残害群众的汉奸特务。

父亲赵俪生与孔祥瑛的一段趣事

赵 絪

父亲赵俪生生前和我们聊起清华园岁月时，曾提到班上仅三名女生，有两位后来很出众：一位是大名鼎鼎的文化官员、《思痛录》的作者韦君宜；一位就是著名“三钱”之一钱伟长的夫人孔祥瑛女士。孔女士是由天津南开女中考入清华的，祖籍山东，孔子第七十五代传人，少年时就办过刊物，是位教养颇佳、才具不低的知识女性，1949 年后一直任清华附中的校长。

20 世纪八九十年代，孔女士陪夫君数度到西北考察。她只是个陪员，没什么硬场面一定需要周旋，于是经常溜号到我家私访，寻她的老同学——我的父亲赵俪生——叙叙旧日的同窗之谊。

1990年前后，钱伟长偕夫人孔祥瑛到西北考察时，摄于兰州大学校园。左起：赵俪生、钱伟长、赵继游、孔祥瑛、叶开源。

人老了，难免有几分怀旧，都喜欢唠唠当年风华正茂的青年时代。老同学一见面，那种快乐自然没法说，仿佛又回到了20世纪30年代的清华园，坐在一起掰着手指清点他们班同学的境况：这些人现如今都在哪里，都在干什么，哪个死了，哪个病了，哪个上去了，哪个下来了，哪个学问做得踏实，哪个还在那里胡扯淡。总之，老同学眼里，他们才不管他官居几品，是哪行哪业的煌煌大家。在自家屋中描摹人物，点评优劣，可是件无须防范、不用顾忌、蛮有乐趣的事，比官方报道出来的要生动许多，更加活灵活现。由于父亲偏居边陲，自然是孔女士知道得多，父亲了解得少。当然，他们也彼此开涮，相互“揭短”，热闹得让你感觉不到这是两位耄耋之年的老人。

孔女士一来，父亲的开场白便是：“多年不见老大姐，不过钱学长倒是经常能在电视中看到，俨然跻身政府领导行列喽！”孔女士不以为然地嘴一撇：“那有什么，别让人家老百姓不待见。”他们在细数清华十级老同学的去向后，开起了玩笑。孔女士对母亲说：“赵甡可是当年清华园的美男子，有名的调皮蛋。”父亲调侃：“既然我是清华园的美男子，你怎么嫁给钱伟长，没嫁给我呀？”孔女士一下笑翻了，冲我母亲说：“到老没正形！当年他是我们班上最小最小的小弟弟，我们哪个不比他大个两三岁？他那会子还是个小孩子，啥都不懂呢！”父亲不服：“谁说我不懂，××见天趴在宿舍里给你写情书，打发我给你传递，到现在我还能给你背上两段。”于是摇头晃脑、咬文嚼字地背了起来，活脱脱把一个酸腐文人模仿得惟妙惟肖。背完问孔大姐：“有这事吧？”孔女士笑得一塌糊涂，指着父亲对我母亲说：“我都忘了，难得他还记得，那点子记性都用到这上头了！”

正说到兴头上，钱伟长的电话来了：“你怎么还不回来，大家等着你开饭呢！”父亲赶紧催客：“钱学长不耐烦了，你还是赶紧过去吧。按说咱们老同学难得一聚，怎么地也得为老大姐设宴接风洗尘，怎奈今儿个我家吃的是庄户饭，太寒碜，实在拿不出手来。你还是去宁卧庄赴大宴去吧。”已经走到门口的孔女士一听父亲这番话，停了脚步，返了回来：“哦，要真是顿庄户饭，我还不走了呢。看看你家的庄户饭。”她径直迈进厨房，一眼就看到火上熬着稀稀的苞谷面糊。我正手忙脚乱，连擀带烙做着韭菜鸡蛋盒子。孔女士一见，高兴得很：“要是这个饭，我倒要留下了。”进屋里打电话：“你们自个吃吧，别等我了。我在赵甡家吃饭了。”

饭桌上，父亲让我们姐妹上桌陪客，冲孔女士讲：“孔大姐，这就是我那位并不漂亮的夫人，这就是我那窝并不漂亮的女儿。”父亲一直记着老同学背后的损词，故意在此撂了出来。孔女士满脸笑开了花，冲我们频频点头：“蛮好，蛮好……”妈妈有几分愧疚地冲孔女士讲：“我家教不好，女儿个性都强，都有脾气，所以一个个都没出嫁。”孔女士拍着妈妈安慰道：“一样的，一样的，我家也是这种情况。”这说明知识分子家的女儿待字闺中的绝不仅我们这一家。

父亲的学生时代

龚玉和

我的父亲龚文千（1918—2010）先生是江苏太仓人。

十六岁时，父亲从太仓来到杭州，考进“国立艺专”（今中国美术学院），就读于实用美术系的“环境艺术与室内装饰”专业。父亲说，当时实用美术系“环境艺术与室内装饰”专业在国内并不多。“艺专”在全国颇具影响，对于学子来说，能进入艺专是一件很荣耀的事。

“国立艺专”初时称国立艺术院，后改为国立杭州艺术专科学校。

当年学校分二年“预科”和四年“专科”，在校学习期为六年才能毕业。因而，杭州艺专毕业学生的绘画水平明显要高于别的艺术专科学校。校舍就在湖上孤山的朱公祠旁边。

记得小时有一次路过朱公祠，父亲指着道旁一棵高大的梧桐树说，刚进校时，与几位学友外出，一时贪玩，晚上回来迟了，宿舍大门紧锁，大家只好攀上这棵树进屋。

艺专的教室设在平湖秋月（时称“哈同公园”）附近，每到黄昏时分，师生们便在湖畔写生，音乐系的同学在室内弹琴、练唱。

图1 父亲（后排左一）与艺专同学。

西　迁

只是好景不长，淞沪战事爆发。1937 年秋末，日军逼近杭州，艺专仓促撤离，师生们逃难到了浙中地区的诸暨，结束了那一段难忘的美好记忆。

初时，大家没有估计到战争会持续很久，觉得只是暂时到诸暨乡下去躲避一下。未料，时势逼人，战局进一步恶化，诸暨也不能久留了。校方接获教育部通知，搬迁到湖南沅陵县去。

有一次我问父亲，当年艺专内迁时，那是有组织的大撤退吗？

他说，哪里有的事，日本人就要打过来了，慌乱中，大家各自逃命，顾不了那么多。校方只发出一个通知，学校迁往湖南沅陵，要求大家到那里集中。

当时，师生们便各自分头逃散了。浙赣铁路遭到日军轰炸，交通运输已经中断，较为畅通的西行线路，只有古代南北运输的主干线——钱塘江水上运输通道。

父亲与一位富阳新登的同学袁力丁同行，先由富春江乘船溯流西上。

师生扬帆逆流，虽国难当头，山河破碎，百姓一路逃难，

图2 1942年的父亲。

途中还不时遭到日军飞机的轰炸，但是，他们满怀一腔热血，在西行船上，面对着富春江两岸的青山绿水，绘画系师生坐在船尾写生，音乐系学生站在船头，引吭高歌……

父亲一行几位同学，先到新登袁家过了几夜，再辗转到达长沙。

父亲说，战乱期间有的同学甚至在路上遇到了土匪，要他们交“买路钱”。艺专学生大多很穷，逃难时不像某些富户带了金银细软一起跑，他们除了几件换洗的衣服、学校发的一点路费外，几乎一无所有。

有一次，土匪来了，有个男同学便大胆与他们商量：“我们身上没有钱，不信可搜查一下。但是我们会画画，要不就替大伙画张像，权作‘买路钱’？”土匪觉得这帮学生穷得可怜，没什么油水可以榨取，便把他们放了。

一路上，可乘船的地方，雇船；有车的地方，搭车；也有不少路段，舟车不通，大家只好跋山涉水，终于到达长沙会合，一起前往沅陵。

艺专在沅陵

沅陵是湖南西陲的一个小城，上捍云贵，下蔽湖湘，素称“湘西门户”。师生们历尽万水千山，终于到达沅陵。只见城门上早已贴了布告，通知各地来的师生们到各自的集合地点，杭州艺专和北平艺专被安排到一座破旧的大宅院，对外称为“国立艺术专科学校”。

可惜父亲年事已高，记不得那所宅院的名称了，只觉得那是一所破落大户人家的庭院，仍有不少房间空着，四周十分荒凉，且离沅水不远。

此时，师生们遍尝艰难险阻，总算寻到了一个安身之

图3　父亲（中排右一）与艺专同学。

图4　父亲（左二）与艺专同学。

处，大家在此休息整顿，以为这下可以稳定一段时间了。

父亲在沅陵

在沅陵的时间虽然不长，但是仍给父亲留下了较为愉快的记忆。

湘西的民俗风情以及沅江的秀丽风光，吸引了众多艺专师生，他们不仅上课，而且还到野外去写生，参加苗族的跳番节、安坛、接龙谢土等活动，观看当地人的表演。父亲还参与了苗族的还傩愿、打翻邦等节庆活动。

学校到了沅陵，校长林风眠辞职，教务长林文铮代读了他的辞职信，林说“近时颠沛流离，备受凄苦，惟杭校员生，随弟多年，不无念念，还望二位仁兄不弃，多加维护”云云。在场聆听的杭州艺专的师生员工，无不为之动容。

艺专西迁至贵阳、昆明

事势难料，学校开课还没有几个月，湖南也吃紧了，日军飞机大肆轰炸长沙，城内一片火海，居民纷纷逃散。消息传到沅陵，一时人心惶惶，由于沅陵集中了各地的大批机关。未久，沅陵也遭到日机轰炸，师生们开始撤离，

图5 父亲在沅陵。

这次的目的地是贵阳。

集体搬迁撤退，目标太大，容易引起日机注意。于是，学校给每个学生发了一笔路费，大家化整为零，分头到贵阳集中。到贵阳未久，这里也遭到了日机前所未有的大轰炸，城内一片大火，浓烟滚滚，景象惨不忍睹，百姓扶老携幼逃出城来。幸好几次空袭警报来时，艺专师生均在乡下写生，没有伤亡。但是不少人连行李、铺盖等全烧掉了，离开贵阳时，许多人几乎一无所有，两手空空继续他们的流亡旅程。

父亲跟着几个同学一起逃命，时而坐车，时而走路，时而乘船。

还有不少学生找不到代步的工具，只得徒步到达昆明，他们一路写生，一路写日记，将所见所闻画了下来，也记了下来。父亲自嘲说，我们才是真正的徐霞客，饱览了祖国湘贵滇的大好河山，一直来到昆明。

大家到了昆明后，才算喘了一口气。当时，云南省主席是龙云，治滇颇有成效。初时，战争对于昆明波及有限，粗粗看去，街市仍然井井有条，商业照常繁荣，外表还看不出多少战乱痕迹。学校给大家的补助金也增加了，多达十余元。对那时的普通人来说，十多块大洋，可谓一笔不小的数目，师生们仿佛又寻到了几分重回西湖之滨的感觉。父亲常说，师生们一起泛舟滇池，扬歌湖上的欢快，令人回忆起西子湖畔的岁月。

教师们对于这一群求学时代就历尽艰难险阻的学生寄予相当期许，当父亲毕业离校时，云南大学校长熊庆来为父亲题了几行字："学术是不能完工的一座宝塔，我们每个人都可以加上一些砖石。"他居然称呼当时作为学生的父亲为"文铨仁兄纪念"，不是说父亲的年纪比老师大，而是当时一种十分流行的说法，师生们患难与共，已经情同手足了。

未久，刚定下心的师生们又开始焦虑了……日机也跟

图6　父亲与苗族儿童合影。

着来了，昆明上空频频拉响警报，不得已之下，艺专又开始了新的一次搬迁。

这一次他们到了远离昆明的一个小县呈贡的安江村。安江地处偏僻，学校生活还算平静，村落附近的山川旷野之中，常能见到师生作画写生的踪影。对于艺专的师生来说，经过长期动荡不安的生活，竟有世外桃源之感。

父亲与六个同学凑了点钱，租了一个小宅院。院子中有竹子、树木，还腾出两间屋子做厨房与客厅。

父亲回忆当时的情形，袁力丁在厨房里一边炒菜一边唱歌。还有一位同学，叫凌南陇，胜利后，去了印度尼西亚，他小提琴拉得很好，经常拉一些欧美名曲，父亲也跟着在一旁伴奏。我父亲的那届学生是在昆明西南联大毕业的。毕业那天，导师闻一多先生对于这批从沿海地区迁到内地的学生颇多感慨，且寄予相当期望，为父亲题了三个甲骨文的字“游与艺”，表示对学生今后走进社会的勉励。

同学们在各人的留念册上题字作画，叶浅予特别为父亲作一幅漫画，他只提笔画了几下，就把父亲的神态描了出来。教师常书鸿在课堂中，立时为父亲作了一幅速写，将父亲当年的风貌神采栩栩如生地留在了纸上。

父亲说，他们那一班同学四处飘荡，颠沛流离。但是，在那一届同学中，后来不少成为画坛名人，对社会卓有贡献，诸如画家赵无疾、董希文、王朝闻、丁聪，歌唱家张权，等等，都是同届毕业生。

艺专毕业

艺专毕业后，父亲到了贵阳，先在街面租了一间办公室，开了一家广告公司。父亲是艺专出身，对于制作广告得心应手。父亲还办了一家小画报社，做出的广告颇具文艺气息。有一次我问父亲，刚开办小杂志社时，哪能找到那么多订户？

他说，这个也不困难。因为爷爷在教育厅当科长，与贵州各家学校、机关的关系不错。于是，爷爷就帮父亲联系了教育厅属下的一些学校、机关，各家订一份，积少成多，解决了杂志的部分销路问题。虽然杂志社没有什么钱可赚，但是基本上可以做到收支平衡。

未久，父亲的老同学袁力丁也到了贵阳，父亲便与袁先生商量，约了另外几位朋友合伙开了一家叫做兴业建筑事务所的小公司，当时称“营造厂”，类似于现在的建筑公司，搞工程，造房子。父亲说，他在贵阳的事业不错，营造厂的生意应接不暇，收入相当可观，买起东西来几乎是整对整打地往家里搬，根本想不到后来的生活竟要“省着点花”。

父亲曾经是个兵

任建国

看了作家邓一光的小说《父亲是个兵》以后，心生诸多感慨，禁不住想起了我的父亲，因为我父亲年轻的时候也是一个兵。不过人家邓父是部队高干，而我的父亲只是一个普普通通的回乡复员军人。

父亲出生在塞外蔚县壶流河北岸一个农耕家庭，八岁丧父，母亲后来改嫁，他在亲戚的帮助接济下独立生活，好在有祖上留下的一点产业，才使他将苦日子维持下去。1938 年，父亲长成一个大小伙子了，日寇的铁蹄踏进了蔚县的山川土地，攻城占镇，烧杀抢掠，无恶不作。没多久，晋察冀军区一分区在蔚县大南山建起抗日根据地，八路军游击队经常在夜间下山侦察敌情，袭击据点，骚扰敌人。

1949年，父亲（前排右一）与战友们的合影。

父亲是独身一人，生活比较自由方便，游击队就经常在他家落脚、开会，他家成了南山游击队的联络站和堡垒户。虽然没文化的父亲并不懂得抗日救亡的大道理，可他知道，咱中国人怎么能受日本鬼子的欺侮？中国的土地上咋能让外国鬼子横行霸道呢？俗话说：没有不透风的墙。时间一长，他就引起了人们的注意。1939 年腊月的一个傍晚，由于村里汉奸的告密，日本鬼子将父亲抓进西合营据点，一番毒打审问之后，父亲只承认家里住过几个亲戚，不是八路军游击队。鬼子看没什么结果，就将半死的父亲关进一间冰冷的马棚想将他冻死。所幸马棚里有一口铡刀，半夜里父亲苏醒过来，用铡刀割断绳子，连滚带爬从墙洞里钻了出去。他没敢回家，在一个好心大婶家养了几天伤后，便在一个月黑风高的夜晚奔向蔚县大南山抗日根据地，参加了晋察冀一分区邱（会魁）支队，1940 年初，正式成为一名八路军战士。

那时部队的枪支弹药很少，根本达不到人手一支，只有下山执行任务时才发一支枪或几颗手榴弹，不但影响战斗力，有时还因此造成人员伤亡。父亲看到这种情况，又只身潜回村里，将祖上留下的几间房屋、几亩地及全部家什卖掉，换来一百多块银元，通过熟人从敌伪人员手里买了一些枪支弹药，又上了南山。父亲这一去，家里便一无所有了。当时村里的好心人曾力劝父亲留一点家产，可父亲仍然不为所动。他说："咱生是八路人，死是八路鬼。再说天天打仗枪子儿又不长眼，说不定哪天眼一闭就死了，这样咱也没啥牵挂的了。"所以直到现在，老家的一些老人谈到父亲，还骂他是"败家子""讨吃鬼"。

父亲为人胆大心细，勇敢机灵，战争年代虽然受过几次伤，却没落下什么残疾。1953 年，已是连职干部的父亲作出了一个令许多人不解的决定：复员回乡。战友们劝他留下来。父亲固执地说："咱没文化，现在不是打仗的时候，光凭勇敢向前冲就行，咱还是回家种地吧。"父亲就这样复员回乡，当了多半生的农民。后来有人对父亲说：你这样多亏呀，那时把家产卖了，现在回来什么都没有了，放着官不当硬要回来受罪。父亲却说："那些死去的战友为国家把命都舍了，我能活着回来就挺好了，还有什么舍不得的呢？"

父亲于 2001 年无疾而终，享年八十三岁。

与父亲的唯一合影

张 垣

这张老照片拍摄于三十八年前（本文发表于2007年——编者注），颜色已发黄，四角有点卷，布满沧桑，先父一直视若珍宝。我也十分珍爱这张照片，因为它是先父八十八载漫漫人生之旅的唯一风景照，也是我们父子三人的唯一合影。

稍有点旅游经历者，一看便知这是在扬州瘦西湖的留影。是的，照片背景是瘦西湖的标志景点——白塔与五亭桥。中间剃平顶头，上穿素色对襟衣，下穿大裆黑裤，脚蹬黄跑鞋的是父亲，那年他已五十八岁；紧挨他老人家的是我和弟弟。

一个土生土长于江海平原的种田汉，在“农业学大寨”

父子三人的唯一合影。

的岁月，能到几百里外的扬州游瘦西湖，这在家乡也许是“蟾宫折桂”了；而这根“桂枝”，还是照片右边学生模样的我递给父亲的。

我是1965年考取位于瘦西湖畔的扬州师院的幸运儿，自游览了风光旖旎的瘦西湖后，便一直有个美好的心愿：趁在校读书的有利条件，请双亲来扬州同游瘦西湖。可是，直到 1969 年初夏即将毕业分配，我才传书老父，请他带老母同来扬州一游。

信发出去后一周，一天傍晚，父亲风尘仆仆赶到了。他没带母亲，却带了年方二十的弟弟骑自行车来哉！我怪他以半百之年竟驱车五百里，父亲安慰我说，他们头天投宿如皋朋友家，用两天时间跑，不感到怎么吃力。

尽管父亲是往花甲之年奔的准老人，但身体不错，休息一夜，次日晨起身后，便兴致勃勃地说要游瘦西湖，于是父子三人投入了瘦西湖的怀抱。那是“抓革命，促生产”的年月，又将临夏忙，游人不多，父子三人徜徉林荫道，漫步绿水畔，游白塔，赏五亭桥，说不出的开心。父亲好像刘姥姥进大观园，问长问短问不停，看来看去看不尽。我乘兴提议留个影，一向节俭、连乘汽车来扬州都舍不得的父亲竟欣然同意：“一生一世难得来一回，走，咱们拍小照去！”于是，我们以塔桥为背景，在 1969 年 5 月的瘦西湖畔，留下了这张合影。

瞧，父亲沉静地遥望远方，好像在沉思：我儿考到这好地方念大学，福分哪！父亲的右手紧抓着弟弟的左手，似乎怕这个伴他同来扬州的小儿子走失呢！而我的右手抚在父亲背上，左手半握拳，脚蹬母亲千针万线做成的小圆口黑布鞋，仿佛在宣告世人：谁说咱大学生一年土、二年洋，三年不认爹和娘？

照片寄回家中后，父亲如获至宝，以此为荣耀，给亲戚看，让朋友瞧，请左邻右舍赏，逢人便说："瞧，这是我家两根顶梁柱，一文一武，文的会写文章，武的能抡斧做木匠！"这张照片，不知传过多少人的手，被人端详、欣赏、羡慕过。直到1999年夏父亲永别这个世界前，还在含笑看着它……

父亲亲历“地道战”

高石英

观看电影《地道战》的时候，父亲高万芳不时会指出哪些地方不够真实，他说现实远比电影里残酷。抗日战争时期，父亲亲历冀中平原地道战，带领白洋淀一带的军民与敌人进行艰苦卓绝的斗争。当地百姓有“跟着大高（高万芳）打鬼子”的口头禅。

地道战是鬼子逼出来的

抗日战争时期，父亲先后担任河北省任丘县第五与第六区、鄚州区党委书记，以及任丘县武装部长。这一带为冀中平原，鬼子频繁“清剿扫荡”，父亲带领军民从地下

图 1 奶奶刘婵，抗战时是地下交通员。

寻找掩护，发动家家户户挖地道，跟鬼子打持久战。

最初挖的地道为直筒式，仅能藏身，且易被敌人发现，后改造为地下连通的。那时，每个村都发展了三到五户绝对保密的堡垒户。我奶奶家就是这样的堡垒户。组织上的人到家里来接头或者开会，裹着小脚的奶奶就坐在门前纳鞋底，听到什么动静，就赶快跑回家报信，让同志们从地道里撤离。奶奶家的地道就经过多次改造，锅灶下、炕洞中、地窖下、水井中，到处藏着地道口，隐藏得很巧妙，里面的构造也越来越复杂，能吃住、开会办公，还能掩护撤退。

日本鬼子进村“围剿”，发现地道口就火烧、烟熏、水灌，还放毒气。听父亲讲，我方就巧设一些假洞口、半截地道、上下双层地道，还在死洞上面铺上新土，真真假假，跟鬼子周旋。父亲说，其实那时候本乡本土的汉奸熟门熟路，破坏性极强，很难对付。“打鬼子得先除汉奸”，组织上经过研究，决定瞄准其中一个势力最大的汉奸下手，先设法控制住他手下一个亲信，探准他的行踪，然后父亲亲自带着两个人，趁这汉奸去会他的姘头，半夜里摸到其姘头家床头，收拾了他。

图 2 父亲高万芳授衔后的留影。

鬼子没人性，实行“烧光、杀光、抢光”的“三光”政策。父亲就带着人去埋地雷，切电线，断路，炸桥，端炮楼，打完就钻进地道藏起来，神出鬼没。根据战时实际，他们后来又把民用藏身地道和作战地道分开，设上了瞭望孔、射击孔。常常是鬼子白天祸害老百姓，他们就夜里出动杀鬼子报仇。

父亲说，群众中出天才。他们把地道主干道和许多分支道连成网，天天跟小鬼子打拉锯战。父亲在白洋淀一带深受百姓爱戴，他当了区委书记后才配上自行车，不管他骑车进了哪个村，都有群众忙着把留在土路上的车辙印扫掉，保护他免被敌人追踪。

当年，冀中抗日名将、任丘县委书记李光荣很器重父亲，夸他指挥作战脑子活，能以弱胜强。后来上级给父亲配了战马，他就骑着这匹马无数次指挥反“扫荡”，也无数次逃过敌人的追杀。这匹马的旧鞍被父亲视为宝物，一直珍藏至今。父亲最心爱的“三八搂子”手枪，就是李光荣送给他的。母亲郑丽君当年是妇女支前队长，就是李光荣叔叔的爱人李风阿姨介绍给父亲的，这也算是传奇中的浪漫吧。我成年后曾回过白洋淀，乡亲们特别热情，还带我去看当年被父亲炸掉的半截鬼子炮楼。

给农民工看电视

父亲一直对我们兄弟姐妹严格要求。我就曾经因为“搭便车”被父亲批评。当时父亲在单位是副政委，要出差下基层，我也跟着上了车，并要求司机拐弯将我送至公交车站。父亲出差回来后，对这件事很生气：“车是办公务用的，你想上就上，这合不合适？你还随便支使司机为你拐弯，想没想过司机的感受？”父亲要求孩子们不能有丝毫特殊。

“当年平原作战，全靠家家地道、人人掩护才活下来。”父亲说。他一直对老百姓有着深厚的感情。父亲曾经穿着一件新毛衣出门，正碰上一位农民拉着一地排车豆腐，结果下坡的时候那些豆腐盒子都往下滑。父亲一边叫停车，一边冲上去用身体挡住滑脱的豆腐。他因此扭了腰，新毛衣全湿透了。但是父亲觉得值：“老百姓要靠这些豆腐过日子。”

有一年，我家住一楼，附近有民工正在施工。一位民工把被子挂在我家院子里晾晒。父亲瞧见被子上破了一道大口子，就让我拿着针线和补丁给补上。每到晚上，发现总有一些民工在客厅窗外探头，原来是隔着窗玻璃看室内对面的彩电。父亲就让孩子们每晚轮流值班不准睡觉，把民工请到家里看电视，坐得满屋都是人，等民工散尽了，才关电视。

晚年的父亲曾想背上粪筐到马路上拾粪，可是城市的马路无粪可拾，他就到路口转悠：“我还能给人们带路、指路。”父辈们留下的精神遗产，将永远激励我们。

服务农村的医生父亲

张 琪

1976年7月8日，我的父亲张玉林在枫树村突发心衰，猝然离世，时年五十四岁。

父亲生前是位医生，医术精湛。临终前，仍思维清晰，村里的赤脚医生问他用什么药，父亲微弱地说：“副肾碱（一种强心剂）。”对方回答没有，父亲又说：“尼可刹米（调节呼吸的药）。”对方仍说没有，父亲断断续续地说了他生命中的最后一句话：“百分之……二十五……的糖。”父亲是要静脉注射百分之二十五的葡萄糖，可是针还没扎进去，父亲渐渐停止了呼吸。父亲一息尚存之时，亲口为自己下了三道医嘱，竟无一得以实施，父亲只需要一针强心剂，病情就有可能缓解，然而没有！造化弄人，这是怎

图 1 父亲在师道学校就读时的照片。

样的一种哀痛！

父亲生于 1922 年，1941 年毕业于四平省（今吉林省）东丰师道学校，后考入长春大学政法系，1948 年毕业。时逢战乱，从业艰难，经人介绍谋得沈阳市新民县司法科科长一职。到任后，分配给他审讯犯人的工作。父亲性情温良，自知不善此道，仅十八天后，自行告辞，之后开始自修医学，立志从医。新中国成立后，父亲于 1950 年初参与创建沈阳市医师进修学校，担任技术股股长，指导技术学习与有关技术方面的筹备工作。三年后，荣获“建校功臣”锦旗嘉奖。之后在沈河区组建联合诊所，并任所长。

父亲勤思善悟，加之素有过目不忘的天赋，很快在理论上、临床上成为业内的佼佼者。各医疗单位争相求教，邀请讲课的聘书纷至沓来。1953 年，父亲作为沈阳市医务工作者的代表，到北京卫生部参加了全国医疗卫生工作会议。之后担任沈河区结核病防治所所长，月工资 137 元，是当时普通人月工资的三倍，那是父亲一生中短暂却最辉煌的时期。

1970 年初，父亲被单位遣送到枫树村。

山区历来缺医少药，农民生病得不到治疗，长年累月形成顽疾，痛苦不堪，听说来了城里的大夫，纷纷上门求医问药。父亲似乎又有了被人需要的价值。父亲虔诚地施医舍药，视病人如亲如故，立竿见影地解决了多例痼疾，患者及家属称谢不已，口口相传，方圆百里尽人皆知，问病者络绎不绝。然而，大队干部却勒令父亲“不许给人看病，老老实实去生产队劳动”！父亲识相，马上到队里干活儿去了。但是，村民们不干了，要求父亲看病的呼声日益高涨。领导无奈，做出了令人啼笑皆非的决定：凡找张玉林看病者，本村人由大队书记批条，外村人由公社书记批条。

图 2 父亲给医务人员讲课。

可是，乡村里家家都套得上亲戚，书记不批给谁都是“得罪”，于是条子越批越多，拿着批条找父亲看病的人已经不止于本大队、本公社，连邻县、邻省的患者也都赶着大车，开着拖拉机慕名而来。父亲平均每天要看六七十个患者，内、外、妇、儿各科无所不及。日出到日落，片刻不得闲，夜里也很少能睡上安稳觉。无论什么季节、任何时辰，有人敲窗就得背起药箱出诊。

父亲的善良、医者仁心，温暖了许多人的心。村中一位孤寡聋哑老人病危，父亲抢救成功，老人醒来后望着父亲流泪，病愈了，他没事儿就去诊所的窗外，隔窗看着父亲工作。中午吃饭时，父亲常常把自己带的饭分给老人一部分。父亲入殓那天，老人蹲在父亲的棺木前不断抹眼泪，久久不肯离去。

父亲有一段时间身体非常虚弱，为了给他增加一点儿营养，我骑车往返七十多公里到西丰县城买了两瓶炼乳。他舍不得喝，精心地收着。村里王家妻子犯老胃病，疼得连日不能吃饭，父亲出诊回来，冲一杯炼乳揣在怀里返身送上门去。

父亲救死扶伤赢得了人心，赢得了尊重。村民们的信任与爱护给了父亲莫大的安慰，他与那里的乡亲们结下了深情厚谊，至诚至真。

我深深地知道，枫树村的村民对父亲不仅尊重，还有爱戴。有人会在夜色里把鸭蛋或蘑菇等山货送到家里，还有人放在窗下，打声招呼就走。父亲去世几年后，村里的中学生以“我最尊敬的人”为题写作文的时候，多人写到父亲。十几年、二十几年，甚至三十几年后，除夕夜里、正月十五夜里，还有老一代村民给父亲的坟上送灯！村民们对父亲产生了某种精神依赖，有父亲在，他们生病不愁治疗，有安全感，无须四处奔波。那些年，父亲的医疗拯

图 3 奖励为建校做出贡献的人颁奖仪式。右起第一人为父亲。

救大大降低了当地人口的非自然死亡率。然而，过度的劳累也彻底摧垮了父亲的身体，肺结核发展成肺源性心脏病。从 1975 年冬季开始，父亲脸部、腿脚多处水肿持续不消，他十分清楚自己的病情，默默地吃药缓解，但肺心病是不可逆的，至今尚无有效治愈方法，只能缓解症状。母亲担忧父亲的身体，屡屡劝他："别干了，保命要紧。"父亲总是说："过一段时间，我就不干了。"其实，他是干不动了。

时间延续到了 1976 年 7 月 7 日。那天傍晚，他离开诊

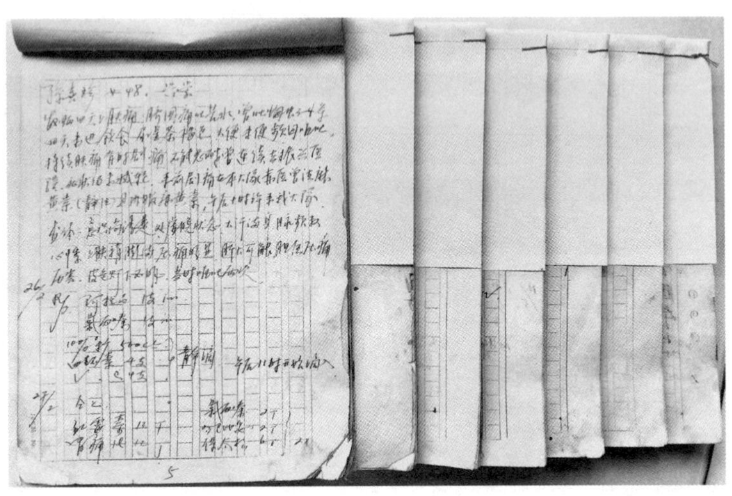

图 4 1970 年到 1976 年，父亲在西丰县枫树村给村民看病的部分病历。

所时，前所未有地在诊所门上贴了一张纸条：“因故诊所明日休息一天”。没有人知道，上天在冥冥之中给了他怎样的预感。

7 月 8 日早晨醒来，他坐在炕上对我说：“身上这件背心脏了，也破了，还有一件新的，你帮我找出来吧。”我找出了那件新的白色圆领衫，看着他换上。早饭后，我离开家去公社。那一天，他想过什么、说过什么、怎样度过的、为什么要停诊一天，我们无从查考，已成永久之谜。夜幕降临，父亲的人生戛然而止。

父亲的丧事是村民们自发操办的。村里三位高龄老人主动担纲，勘测地形，察看风水，要为父亲寻找一处吉利的安身之地。其中赵姓老人说：“他活着的时候挺憋屈，没得多少好，给他找个敞亮、不憋屈的地场吧。”父亲的墓地的确敞亮，依山傍水，与松柏相倚，可高瞻远瞩。

父亲没有棺木，也来不及现做，老党员王贞把自己提前备下的棺木借给了父亲。而这借来的棺木，却是两年前我哥哥回生产队当木匠时亲手打造的！父亲入殓，村民们把棺木围得里外三层，想看他最后一眼。村里的壮劳力自发组成十六人的抬棺队伍，六十几岁的老党员张殿友默默加入其中。

父亲上路了，人们挥泪再送一程，灵柩途经河套，按当地风俗，女儿不能随灵柩过河，我没能看到父亲下葬。

父亲走了，整整九十天后，乾坤正转。他没能熬出黎明前的黑暗。时也，运也，命也。

父亲胡萍为毛泽东驾驶专机

胡耀萍

我的父亲胡萍，原名孙传祉，1923年出生在山东省乳山县。受家庭的影响，父亲很早就参加了革命工作，十四岁骑着自行车到处送情报，十六岁加入中国共产党。

中华人民共和国成立后，需要组建自己的空军，十分缺乏优秀的干部和指挥员，军委决定从陆军抽调一批优秀的营、团职干部到空军航校学习飞行，以担任空军的飞行领导干部。父亲是高小毕业，在当时就算知识分子了，经审查各方面都合格，于1950年进入哈尔滨空军一航校干部班学习飞行。父亲从航校毕业后，1952年5月任刚成立的空军独立第三团团长，后任空军航空兵三十四师师长、空军副参谋长，一直负责中央及国家领导人的专机任务，可

图 1 1949 年，胡萍在青岛。

以说是中国空军专机事业的开创者。父亲是毛泽东首次乘坐由中国人驾驶的飞机的驾驶员、机长。

1956 年 4 月下旬的一天，空军司令员刘亚楼突然把父亲叫到他的办公室，十分郑重地对父亲交代："现在有个重要的任务，毛主席要坐咱们空军的飞机，你看有把握吗？"问题来得太突然，父亲反复思考，还是先问了一句："坐火车不是更安全些吗？"刘亚楼说："原来中央考虑让毛主席坐苏联的飞机，请苏联驾驶员驾驶，可主席不同意。主席说，我们已经有了人民空军，有自己的飞行员，为什么要外国人驾驶？外国人驾驶的飞机我不坐，我要坐中国人驾驶的！这任务就只好由你们来担负了。既然毛主席这么相信我们，我们就应该有中国人的志气。”父亲回答：“保

图2 1955年摄于印尼雅加达机场。左三为胡萍。

证完成任务，但这次任务非同一般，在安全上总会有风险的。没有别的，我们一定精心细致地准备，做到万无一失！”

新中国建立初期，条件艰难，要建设好第一支专机队伍，没有任何先例可以借鉴，只有在工作中用心摸索，认真总结经验，指导思想就是要绝对保证安全。要求技术过硬，万无一失，全面保障。无论是自己驾驶，还是指挥专机，父亲对飞行人员的思想、技术、组织及地面保障，都做到了安全第一，万无一失。因此，解放后毛泽东第一次乘专机外出，驾驶员非父亲莫属。

经过反复研究，空军党委决定，执行这次主席专机任务的是：机长胡萍、飞行员陈锦忠、领航员张振民、通讯员柳昆尚、机械师舒执章、机械员杜占林。专机为苏制里2型8205号。同时还安排一架里2作为备用机。

1956年5月3日清晨，机械师一早就对飞机进行了试车，待空军副参谋长何廷一到后，又进行了试飞，检查了机上各种设备的运转情况，在确认状态良好后，飞机着陆停在滑行道口。一会儿，刘亚楼司令员给机组正式下达任务：“今天是毛主席坐飞机，这次任务的意义十分重大，这是我们空军的光荣，也是你们的光荣。这是毛主席第一次坐我们空军的飞机，是对我们空军的信任，你们要拿出全部的本事来，保证这次任务的完成。现在飞机经过检查试飞

图 3 1956 年，胡萍在驾驶飞机。

都很好，航线天气也好，唯一担心的就是你们精神太紧张，心情太激动。就像我平时坐你们的飞机那样，不要紧张，我相信你们一定能做到这点。”随后，刘司令员进入机舱，当他看到桌子抽屉内有扑克、象棋时，说：主席不喜欢这些东西，把它们收起来。随后，他又察看了其他设备的情况，表示满意。

7 时 30 分，一辆黑色轿车缓缓地开到飞机跟前，车门打开，毛泽东身穿一套灰色中山装，步履轻快地下了车。父亲立正敬礼：“飞机已准备好，请主席上飞机。”毛泽东与机组人员握手，并询问每个人的姓名、年龄，说：“你们都很年轻啊！”刘亚楼报告了飞行准备及天气情况后，请毛泽东登机。陪同登机的还有罗瑞卿、刘亚楼及主席身边的工作人员。

接到起飞命令后，飞机在轰鸣声中缓缓地离开了地面。父亲谨慎、专注地驾驶着飞机，使其平稳舒适地上升到两

图 4 1958 年，胡萍在莫斯科。

图5 1960年3月17日.送周恩来总理首次乘伊尔18型1701号专机去杭州。图为机组人员合影。左三为胡萍，左二为时念堂。

千多米的规定高度后，改为平飞。刘亚楼来到驾驶舱，询问飞机情况，父亲告诉他一切良好。经过4小时30分的飞行，专机于当日中午12时30分，降落在武汉南湖机场。经过短暂的休息加油后，专机于下午2时起飞前往广州。

那时的毛泽东已六十多岁，但坐飞机时，他并没有不适的感觉，也从不睡觉或卧床休息。有时，他会通过机窗一览机外的风光，或是凝神思索着什么。更多的时间，是伏案阅读线装本的《资治通鉴》。有时，他也与同机的同志谈工作。毛泽东吸烟，喝龙井茶，但很少吃糖果一类的东西，从不在机上吃饭。

专机到达广州白云机场上空时，云层较厚，看不到地面，需要利用地面导航设备进行穿云下降。白云机场的侧方有山，离机场又近，威胁着飞行安全。虽然在飞行前已有准备，但在穿云实施前，机组成员又互相提醒：不要紧张，按分工精密计算，准确操纵，协同好动作。飞机下降到百余米高度时穿出云层，看到跑道，下午6时，专机安全降落。

毛泽东说："还是坐飞机快，当天就到了广州。"接着，他和机组成员一起在飞机前拍照留念，与每个人握手告别，说："谢谢你们。"此刻，机组成员们紧绷着的神经终于松弛了下来。

5月30日，毛泽东又乘飞机从广州到长沙，飞行时间2小时15分。在长沙停留一天后，专机又于5月31日飞往武汉，在王家墩机场着陆，历时1小时15分。

飞机到达武汉上空，开始下降时，毛泽东兴致勃勃地来到驾驶舱。父亲向毛泽东欠了欠身，告诉他下面就是正在施工中的武汉长江大桥。大桥的桥墩耸立在江面上，在桥上施工的工人和车辆设备都很清晰，场面十分壮观。毛泽东喜悦地说："啊！好看，好看！"领航员张振民为让毛泽东看得更清楚，请他坐在领航员的座位上，为他指出武汉的一些重要目标。一会儿，毛泽东又把视线转回驾驶

图 6 1964 年的全家福。左起：胡耀萍、刘继馨、孙枫倩、胡萍、胡幼萍。

舱内，询问一些飞机设置的用途，父亲一一作了回答。飞机即将着陆，见机组人员都在集中精力操纵飞机，毛泽东便起身离开了驾驶舱。

毛泽东在武汉期间，首次畅游了长江，写下了著名诗篇《水调歌头 · 游泳》。6 月 4 日上午，毛泽东又第三次畅游了长江。下午乘飞机飞回北京。虽然上午刚游完泳，但毛泽东来到王家墩机场时，仍是精神焕发，毫无倦色。

专机起飞后，毛泽东又开始读书、看文件。三个小时后，机组发现正前方有雷雨云出现，云层自下而上，连成一片，时有闪电出现，过河北衡水后，距雷雨区更近了，飞机开始颠簸。乌云升腾，伴随着闪电，这种雷雨云对飞行安全威胁很大，机组当时虽有些紧张，但经过仔细观察后，根据飞行前看到的天气图，认为没有系统的天气变化，现在出现的雷雨云是地区性的，虽然面积大，但属于局部孤立的积雨云，是可以绕过去的。于是，领航员计算出绕飞的距离、时间、航向，掌握好飞机的位置。驾驶员努力保持飞机的稳定，机械师密切注意发动机的工作情况和温度变化，通讯员在无线电波受到强烈干扰的情况下，细心地寻找信号，以保持与地面的联络。飞机在向航线右侧平原地带绕飞三四十公里后，避开了雷雨云，改回原航线。

里 2 飞机的通讯设备比较落后，短波通讯受干扰很大，前后有二十多分钟与地面失去联系，在北京西郊机场等候毛泽东的刘亚楼十分紧张，多次责令塔台指挥员蔡演威不停地向飞机呼叫，搞清飞机的位置和状况。现场气氛非常紧张。

飞机终于安全地降落在北京西郊机场，滑行到候机室前，毛泽东来到驾驶舱，高兴地对机组人员说："同志们辛苦了！你们是腾云驾雾，暴风云中见成长！"接着与每个人一一握手告别。

刘司令员对父亲说："这次任务完成得很好，刚才我真担心啊！"父亲说："开始我们也有点紧张，后来细心地观察了天气现象，认为是局部的，可以绕过去，这样心里就有数了。"刘司令员说："好好总结经验，以后主席还要坐飞机。"

毛泽东在第一次乘坐空军飞机以后，又多次乘坐空军专机。父亲为毛泽东驾驶专机四十余架次，飞往全国各地。据统计，毛泽东在 1956 年乘坐专机六架次，1957 年二十六架次，1958 年三十二架次。三年总计六十四架次，飞行约一百五十余小时，航程四万余公里。所到之处有：广州、长沙、武汉、郑州、上海、南京、杭州、南昌、徐州、济南、青岛、西安、成都、昆明、沈阳、长春、南宁、合肥、山海关等地。

父亲曾是外交官

吕苏兰

父亲一生都怀有一颗活泼纯粹的童心。他爱活动，且不说每天出外购买食用物品，单就上午、午后和晚饭后往返六趟、上下七层楼散步，对于一个年近耄耋的老人来说就不是件容易事。在病魔将他袭倒的一个多星期前，他还像以前一样，不顾家人劝说，独自一人乘坐公共汽车到海边游泳；他爱逛商店，始终保持着当外交信使养成的讲究仪表的习惯，遇见价钱适当、式样得体的服装鞋帽就买回来；逢到家里人流露出想买什么东西的意思，立即自告奋勇前去帮助看价钱、选样子，买回来如果不满意马上拿回去换而不厌其烦。他爱玩，按说因为职业的原因，他去过国内外许多地方，见多识广，来大连居住都三十年了，什么地方没看够啊，可只要对他说，爸，想不想出去玩？只要时间允许，他眼睛里就会泛出孩童般的兴奋，响亮地说：去！他走路从来都是脚步匆匆，像个壮小伙儿，对参加任何活动都是兴致勃勃，不知疲倦，邻居同事羡慕地说：老吕能活一百岁。他最大的愿望是能够亲眼观看2008年在北京召开的奥运会。

2003年9月11日是中秋节，报纸和广播里说，那天是三百年才逢一次的月圆日。按照民间的传统说法，十五的月亮十六圆。那天是星期四，晚饭后我打电话问父亲想不想到海边赏月，跟我想象的一样，他非常高兴。几个月前他莫名其妙地病了一场，身体刚刚恢复。我们的车沿着滨海路走走停停，那夜的月亮出奇得大而圆，在薄纱般雾气的掩映下呈现出淡淡的橘红色，月光笼罩的海面波澜微动、渔火点点。父亲兴致很高，他照旧做了精心准备，用小钵端着洗干净的龙眼、葡萄和月饼给我们，他笑眯眯地看着，自己却不吃。那天母亲还在草丛里发现一只多年见不到的萤火虫，高兴得直叫。在这美妙的中秋月夜，我们万未想到，病魔正向父亲扑来！

9月12日，父亲发起高烧，服药退下；9月13日，高烧再起，到医院检查，血小板，红、白血球三低，医生要求立即住院。9月15日，化验结果出来证实父亲患了急性

图 1　1953 年，父亲在朝鲜开城的留影。

粒细胞白血病。这个消息无异于晴天霹雳！一向生气勃勃、精神矍铄的父亲怎么会得这种病？国庆节出院休息之后，父亲又转院到一家解放军医院治疗。2003 年 10 月 25 日，父亲在无菌室里度过他七十九周岁生日，六天以后的 10 月 31 日 22 时 36 分，因为心肺大面积病毒感染及脑出血，他安详地永远睡去了，从发病到仙逝仅仅五十天时间！

父亲走后，很长时间我都无法接受这个事实，不相信一个如此热爱生活、有着蓬勃生命力的人会这么快地离去！虽然我和弟弟都已经长大成人，但在日常生活里常常还是他在为我们帮这帮那，我们很少为他做什么，在我的下意识里，似乎父亲永远是照顾我们的长者，永远不会老去！现在他已经永远地走了，我还能为他做什么呢？记得他曾多次说过，想写写在外交部工作二十三年中的经历和见闻，但他终究没有完笔。

父亲吕志青 1924 年出生于湖北省随县县城（今随州市）。1946 年夏季考入国立湖北师范学院英语系。在大学学习期间接近并参加了中国共产党武汉地下党领导的青联组织，1949 年 3 月加入中国共产党。6 月，武汉解放，父亲被送往中共武汉市委党训班学习。8 月学习结束被分配到中南局武汉外事处工作。1950 年 8 月，被调往刚成立不久的中华人民共和国外交部，最初被分配到美澳司美国科工作。1950 年 10 月中国人民志愿军赴朝作战，1951 年 7 月，停战谈判在朝鲜开城开始，1952 年 4 月，父亲被派往谈判代表团新闻处工作。1953 年 4 月到 1954 年 3 月，父亲第二次被派入朝参加谈判代表团工作。图 1 是父亲 1953 年在开城的留影。小时候听父亲说过，他们第一次赴朝情境很危险，乘车连夜开过鸭绿江，敌机在天上扫射，子弹就在身边“嗖嗖”掠过。关于两次入朝参加谈判工作，父亲在他的“往事回忆大纲”里简单记道：“抗美援朝，派往开城。渡江入朝，夜宿平壤。乘车途中，敌机捣乱。敌无诚意，

图 2　1955 年，美澳司全体人员合影。二排左一为父亲。

中断谈判。二次入朝，交换战俘。几经较量，敌人服输。停战协定，终于实现。祖国慰问，暖人心田。朝方授勋，立功受奖。开城生活，永久留念。春风大地，分批凯旋。”

1955 年 4 月，父亲从美澳司美国科调到外交部办公厅信使队工作。图 2 是当时美澳司全体人员合影。照片的背后写有“美澳司全体同志敬赠　一九五五年四月卅日”，不知是否是送别的留影。二排左一是父亲。一排右六是美澳司第一任司长柯柏年先生，他是 1924 年加入中国共产党

图 3　1960 年冬，信使队部分人员合影。二排左四为父亲。

的知识分子革命家，延安时期曾任中共中央马列学院教员、中央军委外事组高级联络官，曾参与和主持了马列文献的编译和《毛泽东选集》的英文翻译工作。右四是曾任美国科科长的凌青先生，他是民族英雄林则徐的五世嫡孙，也是著名的外交家，1980 至 1985 年担任我国常驻联合国代表。从调入信使队，到 1968 年最后一次出差欧非四国，父亲为国家送达外交机密文件十三年，图 3 为 1960 年冬信使队部分同志的合影。图中一排右四是后来任外交部副部长、中国驻美国大使的朱启祯先生，右五是时任信使队队长的肖青先生，二排左四是父亲。图 4 是 1959 年父亲摄于莫斯科红场。图 5 为 1960 年 11 月父亲（左二）在伊拉克首都巴格达与花圃园丁的合影。打我记事起，和父母在一起的时候就不多，因为我从两岁就上了外交部幼儿园（长托），七岁进入北京市崇文小学，寄宿制，每个周末回一次家。与父亲更是聚少离多。儿时，有过多次清晨被楼下的小汽车鸣笛声叫醒的记忆：睡眼朦胧中，看见父亲西装革履穿戴整齐，拎着皮箱在黎明前的夜色中走出家门。父亲的足迹遍及当时与中国建交的所有国家和地区，用母亲的话说，

图 4 1959 年，父亲摄于莫斯科红场。

图 5 1960 年 11 月，父亲（左二）在伊拉克首都巴格达与花圃园丁合影。

你爸爸那些年在天上的时间比在家里的时间要长。每次父亲出差回来我都很兴奋，母亲常常把打电话询问飞机抵达时间的任务交给我。然而，由于经常的分离，加上我性格腼腆，真见到父亲后我又紧张、拘谨。一个周末，我在豫王坟外交部宿舍十号楼院里正和小朋友玩，看见戴着礼帽、身穿西服大衣的父亲走出小汽车，满面笑容地向我走过来，我一下子站在那儿不知如何是好。回到家里，父亲发了脾气，批评我没有礼貌。图 6 为 1961 年 4 月，父亲（后左三）及同事在莫斯科中国新使馆旁与苏联托儿所儿童合影。

外交信使的工作性质要求他们必须经常乘机跨国远

行，生活规律被打乱，五六十年代各方面的条件远不如现在，工作很辛苦。特别是天气变化、飞机故障以及难以预测的突发情况，都会造成空难，因此家属最担心的是亲人远行之后能否安全归来。那时的我虽还是个孩子，这种心理仍非常深刻。1958 年 10 月 17 日，当时的信使队队长肖武和信使宁开逸去苏联出差送文件，在西伯利亚奥姆斯克上空因突遇龙卷风遇难身亡。1959 年 12 月 13 日，信使何平、张慕先从阿富汗喀布尔去苏联塔什干途中，飞机与地面导航失去联络，撞山失事，全队为之哀痛。1963 年 7 月 13 日，

图 6 1961 年 4 月，父亲（后左三）及同事在莫斯科中国新使馆旁与苏联托儿所儿童合影。

图7 1968年，父亲在罗马留影。

信使周敬寸、隋玉珊加班送文件，途中飞机在伊尔库次克失事。母亲回忆说："那天早晨上班时我在车站还看见他俩，中午就传来飞机失事的消息，咳，多快呀。"为什么几次空难都和苏联有关呢？父亲跟母亲说过，当时与中国建交的国家少，航线也少，一般是先乘苏联飞机到莫斯科，再转机飞其他国家。尤其在60年代，国际上反华排华浪潮相当猖獗，影响到外交人员的人身安全。50年代末，父亲和另一位同志出差，中途飞机出现故障紧急迫降在沙特阿拉伯的美军基地。当时沙特与中国没有建立外交关系，而美国又敌视我国，父亲他们非常担心外交文件的安全，为了保护文件一夜未眠，为防万一，最后还是对文件进行了处理。这件事父亲终生难忘。

1968年，父亲最后一次出差，图7是父亲在罗马的留影，父亲的仪表有了明显改变，中山装，平头，胸前佩戴着毛泽东像章。

（谨向为本文写作提供帮助的肖青伯伯、黄桂英阿姨、张景真阿姨、单达圻叔叔致以诚挚的谢意——作者）。

父亲走过八十年

徐　明

父亲老了，这突出地表现在他的记忆力变坏这方面。1996年初我母亲病逝，给父亲精神上带来的打击是显而易见的。大约从1999年开始，父亲出现了记忆衰退的现象，而且愈发严重。早年的事他都记得清楚，与人交流也正常，就是记不住眼前的事。前几年我叔叔从贵阳回徐州探亲，父亲要包饺子招待他，去菜市场买肉馅，买了又买，一连买了四次。起初我叔叔还纳闷，心想都是肉馅，怎么还分批去买？等发现情形不对，赶紧关门把父亲堵在家里，这才没把人家的肉馅买光。我嫂子回家，气得要去“表扬”那个卖肉馅的：也不问一下老人买那么多次干什么，给你钱就卖，服务还挺到位哪！

1926年的除夕那天，父亲出生在徐州的一个教师家庭，所以他的原名中有一个“年”字。至少从他的曾祖父起，我们家几辈子都是教书的，可父亲自小就对戏剧表演有着浓厚的兴趣。中学毕业后，父亲去上海看望正在复旦大学读书的我大姑，顺便到上海市立实验戏剧学校报了名，还就考上了。我爷爷听说后大不以为然，对书香门第里将要出个戏子老大不乐意。后来还是我大姑做他的工作，和我父亲一起陪他亲自去上海实地考察，爷爷这才同意了父亲的选择。

父亲在那个解放后成为上海戏剧学院的学校学习了三年多时间，先学表演，后学导演。他的老师熊佛西、田汉、洪深、曹禺、李健吾等人，解放后都成了中国最著名的戏剧家和戏剧教育家。父亲对他老师的点滴回忆极为精彩：熊佛西校长在一次开学典礼上勉励新生，说：“我已是快五十岁的人了，从不敢虚度光阴，你们要向我学习。我每天早上都要抓紧做三件事：做早操，吃早饭，拉屎。”

父亲记得，当年曹禺给他们上课，眼睛看着讲义，嘴上不停在说。下课时学生们上讲台一看，曹先生的讲义全是英文的。

父亲在班里应该是个不错的学生，他说洪深先生就特别喜欢他，田汉先生对他也很好。以前，父亲的书桌上一

图 1 1952 年父母入朝前合影。

直放着个小相框，里面是洪深先生的半身画像。我小时候无法无天，有一次把相框打开，用笔在洪先生的画像上添了两条胳膊两条腿，父亲看后只差没把相框拍到我头上，对我的惩戒是用木拖鞋打了两下手心。

1949 年 5 月，上海在隆隆炮声中迎来了解放大军。几天后，上海各界召开庆祝大会。听说陈毅将军也要亲临会场，父亲和不少同学都赶去参加。对那天陈毅的印象，父亲留在记忆中几十年。他说，主席台上的陈毅上身着一件白大褂，下身穿军裤打绑腿，左手端一盏小茶壶，右手持一把

图 2 1957 年，奶奶到烟台看望作者一家时的合影。

大蒲扇。一阵扑嗒扑嗒之后，陈毅的四川话响起来了：“我们打下上海后，正朝浙江方向前进，很快就要拿下蒋委员长的老家奉化了。可是现在这个仗不好打呦，为啥子嘛？”会场里的人包括我父亲都不明白，仗怎么不好打呢？陈毅接着说：“龟儿子国民党兵跑得太快，硬是追都追不上。”说完仰天大笑，极是豪迈潇洒。

陈毅的那种共产党的领袖风采，解放军新型军队的形象，对父亲这样二十多岁的年轻人的感召力是巨大的。这使他下决心放弃他学了三年多的专业，带着他的女友、后来我的母亲，走出校门投笔从戎。在他十五年的军旅生涯中，父亲先是随二野进军大西南，而后入朝参战，回国后驻军胶东半岛，直到 1964 年底转业回到家乡徐州。

我不知道父亲如果一直按照当初的戏剧之路走下去，能走多远，但我知道他心里总是念念于此。在山东的部队时，他就曾利用业余时间写过一个话剧《大年三十》，发表在

图 3 1959 年，作者和父亲、哥哥合影。

图 4　1963 年，父亲在部队时的家中留影。

当时国家级的《剧本》杂志上。

转业到徐州后，他被分配到市文化局的剧目工作室，随即参与了现代京剧《十人桥》的剧本创作并任导演。1965 年，《十人桥》到江南各城市巡演，反响热烈。父亲随团去各地听取意见，回来后再行修改，投入了相当大的热情。

父亲一向做事认真，兢兢业业。当初安排他去博物馆和图书馆，虽然非其所长，他仍以极大的热情去努力掌握相关的专业知识。到第二次回图书馆工作后，差不多算是半个内行了。尽管如此，我还是为他生出一丝惆怅，父亲本来是可以在戏剧方面多一些成就的。

父亲就要满八十岁了（本文发表于2005年——编者注），虽然已不能再写东西，但还能看看书，读读报，身体也还硬朗。不过他的话语明显少了，默然静坐之时，不知父亲是否在回想他虽非轰轰烈烈，却也阅历颇多的一生。

父亲留下的照片

张丹非

父亲是一个平凡的人，他不是英雄，不是政要，不是大亨，平凡得令我都曾埋怨过他。父亲原名张宗泽，当兵后政委给他取名张志英，意思是立志争当英雄，但他终没能成为一般意义上所说的英雄。

父亲1931年出生在山东省齐河县孙耿乡张举人庄。村名虽称举人庄，可据说我祖辈世代务农。父亲十三岁那年由于日寇入侵我的家乡，便走上了抗日救国之路。先是儿童团员，后又当过联防儿童团长，再后来参军，当过通讯员、干事、秘书、文政员、助理员、书记等。1958年转业时为陆军步兵指挥军官副连级中尉。参加过济南战役、胶济战役、淮海战役、房庄保卫战等战役，1956年获中华人民共和国金质解放奖章一枚（号码为 16016）。曾荣获四等功一次、三等功二次及其他奖励等荣誉。

父亲手很巧，小时候妈妈常因病卧床不起，他不仅自学了很多医术，还能给妈妈扎针，我们姐弟的四季衣服和鞋也都是他亲手缝制。他还会烹制各种菜肴，从我记事起家里的饭菜都是他做，直到去世。小时候家里经济困难，买不起玩具，他就给我们做。什么扎风筝、做风转、糊灯笼等等，无论做什么都做得像模像样，至今我还收藏着一支五六岁时爸爸给我做的小木枪，简直像极了，不知要比

图 1 1948 年 9 月与战友合影。中为父亲。

图2 父亲于1958年转业前留影。

现在的塑料玩具好多少倍！他还经常哄我们玩，偶尔也会带我们上街买好吃的。

父亲喜欢京剧，有时会和几个也喜欢京剧的朋友、邻居聚在一起过把戏瘾。他还会说山东快书，曾是他们单位的文艺骨干，至今我藏有一副当年他用过的鸳鸯板和一张他们文艺队演出后的合影。在父亲诸多爱好中，我认为最专业的是书法，楷书、行书尤佳，至今令我这个中国书法家协会会员每每汗颜。但他从不炫耀，也不参加什么展览，

图3 1964 年，父亲和哥哥、姐姐摄于黑龙江饶河县。

仅自娱而已。虽然我从小喜欢书画，但并不知道父亲有此造诣。1976 年他恢复了党籍那年春节，他买来红纸，找了支毛笔书写了副大红对联贴在门上，那是印象中我家第一次贴春联，由此我才知道父亲原来还会写毛笔字。其实父亲并没有多高学历，因为早早就参军当兵了，只是后来上过华东军政大学（山东分院）。但他从小就接受过传统文化教育和熏陶，后又从时任他们军区领导的舒同（中国书协首任主席）学过书法，他的“舒体”字足可乱真。他还

图 4 父亲 1980 年摄于双鸭山。

能画画和篆刻。每逢春节爸爸都从新华书店买回许多年画，贴在用报纸新糊过的墙上，那几年贴过的画记得有李慕白、金梅生的擦笔年画，库尔贝、柯罗的油画，更多的是金农、郑燮等扬州八怪和齐白石、徐悲鸿以及卢坤峰、刘继卣等人的国画。这些画对我不仅是美育启蒙，更是我学画的范本。

1981 年，由于我文化课不好没能考上高中，父亲为了能让我有个工作，没到年龄就早早退休，让我顶替他有了个当时令人羡慕的国营单位正式工作。因性格等原因，他离休时仅是个普通科员(工资级别18级,享受副处级待遇)。

为了给我娶妻成家，那些年他和妈妈可谓节衣缩食，省吃俭用。那时他单位经济情况不好，常拖欠工资，医药费更是难以报销。而他和妈妈身体都不好，几乎天天打针吃药，所以想吃点水果都常常舍不得。记得有一次他生病仅买了四个降价苹果，而把省下的钱操持着给我盖了间新房。为了能省几个钱，我结婚时新房厨房的瓷砖都是父亲一个人亲手贴的。

那些年我的工资也很少，又念这学那的，工资几乎都交了学费，没能好好孝敬他。现在我已为人父，经济条件也好了许多，可父亲早于1996年春去世，已无法报答他的养育之恩，每每想来，愧疚不已！

随着年龄的增长，我越来越能理解和体会他的那份如山父爱，也更增加了对他的思念。

往事回眸

李立伟

我的父亲1931年12月出生在济南近郊的长清县靠近黄河的一个小村庄，因家境贫寒，父亲从十四岁就离家去济南一个杂货铺学徒，吃了不少苦。

1948年父亲回家乡务农，1949年春参加革命，同年9月加入中国共产党，是村里第一批被发展的党员。入党后，父亲先后担任过河工队长、副乡长、区公所公安员、武装干事，参加了土改。1950年冬，抗美援朝在全国轰轰烈烈地开展，父亲带头报名参军，被编入志愿军第十九兵团第六十三军，1951年2月赴朝参战。当时我还不满周岁，年轻的母亲在送父亲远行的同时，承担起照料祖父祖母的重任。家人们无时无刻不在牵挂着朝鲜战场上的父亲，盼望

图 1 父母与作者合影。

能早日得到亲人的音讯，但由于战事频繁，直到 1953 年 6 月才接到父亲从朝鲜寄回的第一封家信，这对祖父和祖母是莫大的宽慰。1953 年 7 月朝鲜战争结束了，同年 9 月，父亲所在部队奉调回国，驻军石家庄。这年冬天，母亲带着我去部队，看望离别两年多的父亲，留下了父母和我的这张合影（图 1）。

图2 父亲的战友与作者及弟弟合影。

图3 作者与父亲合影。

第二年，也就是1954年，我多了一个小弟弟。年底，母亲抱着弟弟领着我，再次去部队探亲，父亲的两位要好的战友在训练休息之余，带上我和弟弟去附近照相馆照相（图2）。弟弟被一位姓卢的叔叔抱着，我站在着便装的王叔叔前面，胸前戴朵小红花，样子还挺神气。后来父亲随十万转业官兵去了北大荒军垦农场。照片上的两位叔叔也先后转业到地方工作。

1971 年 1 月我也应征入伍，成了一名解放军战士。1972 年 5 月，从事公安工作的父亲因公途经沈阳，到部队看望我，我们去太原街的新中国照相馆留下了这张合影(图 3)。

如今，父亲、母亲和照片上的叔叔已先后离开人世。我这个当年的孩童也已内退在家。每当回眸往事、翻看影集中的旧照，都会引起我的思念之情。

父亲的风景照

邱三宝

父亲是一个平凡而又普通的农民，他的一生就像家乡的黄土地一样朴实无华。

父亲是个农民，却不是一个地地道道的庄稼人，他一生走南闯北，为了生活四处奔波忙碌，十二岁时就开始在建筑队学手艺，吃了很多的苦。父亲的一生基本上都是在外面度过的，一年四季很少回家。他一生都在做他的泥瓦匠手艺，直至年龄不允许他从事这种沉重的体力劳动为止。

父亲的照片少得可怜，只有寥寥几张，且多是他四五十岁时照的用于各种证件的半身照。这是我看到的他年轻时代唯一的一张风景照片。当我从一个很陈旧的抽屉夹层里翻出这张照片的时候，我感到很惊讶，没想到我身板佝偻、两鬓斑白的父亲竟也是如此年轻过，如此的英气勃勃。

按时间推算，照片中的父亲，应该是二十八岁，但看起来却比实际年龄年轻，顶多二十出头的样子。

父亲穿着白衬衫、蓝裤子，脚上穿一双皮凉鞋，衬衣下摆扎在裤子里面，这也许是20世纪60年代城市青年的一种典型打扮吧。看上去父亲身上的农民味极淡，或许是常年在外谋生的缘故，使他看起来已经很像一个城里人了。

父亲在武汉长江大桥前风景照。

父亲当年站在桥边，眼睛忧郁地望着远方，也许是对这种飘无定所的日子感到厌倦，也许是生活的沉重压得他喘不过气来。照片的背景武汉长江大桥，一副空寥寂寞的样子，车辆和行人都很少。

现在，当年轻的我站在车流如织的武汉长江大桥上时，再也找不回昔日的光景了。历经了三十三年的历史变迁，一切都有太多的改变，当年站在桥头留影的这位英气勃勃的年轻人也成了六旬老翁。

父亲日渐苍老了，他也许对过去的许多事情都已经忘记，包括他曾经拍下的这张照片。所以，我并没有过多地追问这张照片的来由。父亲永远也不会再年轻，而我却沿袭了父亲年轻的生命。

每一个老人都曾经年轻过，每一个年轻人都将渐渐衰老，直到有一天从这个地球上消失。

父亲“老豆”

李　岩

我的父亲李文祥已经去世二十五年了。他是外交官，三次前往中国驻南斯拉夫使馆工作，前后达十五年，最终长眠在那里。南斯拉夫位于南欧巴尔干半岛，父亲在那里工作时，由六个共和国组成，全称南斯拉夫社会主义联邦共和国。有人形容巴尔干半岛像个火药桶，由铁托元帅建立起来的“南斯拉夫联邦”，如今早已分崩离析。

父亲生于 1934 年。因为考上北京师范大学一附中，没有随家人去天津，自己留在北京上学。他努力学习，政治上也很上进，1952 年加入了中国共产党，成为学校党支部唯一的学生委员，被学校保送去苏联留学。父亲本希望学习冶金或者探矿专业，最终服从组织分配去了莫斯科国际

图1 年轻时的父亲。

关系学院，学习近七年。因为学的是塞尔维亚语，父亲毕业后到外交部苏欧司南斯拉夫组工作。

一切稳定下来，年纪已不小的父亲开始忙着解决个人问题。父亲回附中参加校庆时，留校的同学听说他还没对象，指着学校宣传栏上的一张照片，问他成不成。他仔细看了看，说："成！"于是两人见了面。

母亲在附中教语文，大概是想考考父亲，和他聊了一下午俄罗斯文学。最终考试合格，双方满意。那天父亲有点儿激动，走了老远又跑回来。母亲以为他忘了什么东西，

图2 年轻时的母亲。

父亲说："忘了和你说再见！"

三个月后，他们结了婚，算闪婚吧。我问过母亲，三个月你怎么知道他可靠不可靠？母亲说："他连陌生人都帮，对我能差吗？"其实母亲也含糊过。结婚时父亲请一起留学的同学吃饭，被灌醉了。母亲把他拖回家时，吓了一跳，以为嫁了个酒鬼。不过父亲以后再没喝多过。没多久，父亲自己出国工作了。

那个时代的外交官更像是高级"流放"，不可以带配偶，儿女就更顾不上了。我最早知道的"外国"叫南斯拉夫，还不懂事的时候，就经常有人告诉我爸爸在南斯拉夫，常常被我说成“南拉斯夫”。那年我快三岁了，幼儿园还没吃晚饭，有人自称是我爸爸，要接我回家。回家当然好，我很高兴跟他走。到家，妈没在，我一下子毛了，大哭起来。等到妈回来，我才搞清楚是那个在“南拉斯夫”的爸爸回来了。

那段时间，父亲一有机会就带我出去，看电影、球赛、杂技，逛公园。可能他想以此弥补长久分离带来的负疚感。当时我没觉得有什么特别，现在才感觉那段时光的宝贵。家里有本《普希金诗选》，繁体字。我抱着书读：“从前

图3 父亲留学期间，与友人下棋。

图4 父亲参与接待访问中国的南斯拉夫经济学家。

有个老豆页和他的老太婆一起生活在大海边……”妈妈很诧异，哪里来的老豆页？一看才知是“头”的繁体“頭”被我拆开念了。妈妈笑着指着爸爸说：“这就是你的老豆！”没几年，老豆又独自出国了。

20世纪60年代末期，中国和南斯拉夫两国的关系开始走向正常化。随着各类经贸文化往来逐渐频繁，老豆的工作也日趋繁忙。1974年，中华人民共和国出土文物展览赴南斯拉夫展出，父亲协助展团介绍我国悠久的历史和灿

图5 1974年，中国文物代表团赴南斯拉夫参展。父亲在展会上协助讲解。

烂的文化，以及我国保护文物的政策。展览受到高度赞许和广泛好评，被称为“文物外交”。1977年，铁托访华，两国关系进入热潮期。铁托执政时期的南斯拉夫努力发展经济，和同时期其他社会主义国家相比，南人民的生活水平高出不少。1978年前后，多个考察团陆续被派往南斯拉夫，全面了解这个国家的经济体制。当时担任中国社科院院长的胡乔木访问南斯拉夫，总结说：“资本主义制度不是一切都坏，社会主义制度不是一切都好。南斯拉夫的方针是吸收资本主义制度的一些好东西，排除社会主义制度

图6 中国使馆工作人员在作者父亲的墓前致哀。

的一些坏东西。”此时老豆正在驻南使馆工作，陪同胡乔木、胡绳、孙冶方等人在南考察，与南相关学者交流。

老豆第三次去使馆工作时，母亲才有机会与他同往，在南兼做教师。1986年母亲代课合同期满，无奈之下提前回国。父亲时任政务参赞兼研究室主任，每天都要阅读大量的报刊，摘记整理相关信息，出席外事活动。而此时他的身体已经出现了问题。他曾向同事们诉说感觉好累，好想回家，好想放下报纸、杂志，甚至电视都不想看。他边说边叹了口气，心好像已经到家了。使馆的同志为他列了一个统计表，1987 年 3 月到 11 月，他外出看病三十二次。与此同时，他写出各种调研报告三十份。

1987 年 11 月 22 日是个星期天，初冬的天气阴雨绵绵。父亲参加了使馆组织的中共十三大报告学习，准备回住所。临走前，他嘱咐办公室的同志下午陪临时来使馆工作的维修工人出去转转：“他们不懂语言，得多关照一下。”下午，父亲独自在家写调研报告，题目是“巴尔干外长会议和巴尔干局势”，5 点左右，他忽然感觉气喘得厉害，找药，发现没有了。他步行到附近的药店，拿到药坐在椅子上，自己对口喷了几下，随之闭上了眼睛……当救护车赶到时，父亲已经去世了。

亲爱的老豆，你知道吗？我们从未忘记你，曾经只是不敢提起，因为心会痛，眼会湿。每天都有人离世，人们把自己不受折磨也不折磨别人的死亡当作幸福，当作圆满。也许你是幸福的，但每每想到你在最后时刻，身边没有一个亲人和朋友，想到你的孤单和无助，我的心就痛极了。

每年，使馆的全体馆员都会去墓前看你，你觉得孤单吗？亲爱的老豆，你知道吗？妈妈说，虽然你们聚少离多，但她从不后悔嫁你，希望来世还要做你的妻子。

永失父爱

友　谊

我的父亲曾是一名军人，1976 年换防时有两个去处，一是上海的空四军，一是唐山的空六军。当时考虑我已在天津参加工作，调往空六军可以离我近一些。前往唐山途经天津时，父母探望了奶奶、姥姥。因正值暑假，决定让妈妈和弟弟晚些赴唐。7 月 23 日父亲离津去空六军报到。五天后的 7 月 28 日，发生了震惊中外的唐山大地震。我的心一下子提到了嗓子眼，马上跑到邮局给父亲打电话，可与唐山的一切联络都中断了。

这时津地也不断地发生着余震，我坐在新开路的边道上，数着过往的救灾车辆。一辆开滦煤矿的车开到了胶管厂门口，来拉胶管排水。我想搭车去唐山，司机告诉我，

图 1　英武的父亲。

与救灾无关人员进不去唐山。到了第四天下午，一辆开滦煤矿的车又停在了胶管厂门口，离我们临建棚很近。我给司机端水拿吃的，央求他把我带到唐山。因为当时中断了交通，只有搭车。司机让我准备毛巾和酒精，因接近时要捂上口鼻。我跑回楼上取了东西回来后发现，开滦的车已无踪影。定是司机看我心切不忍伤我，才支开我把车开走……

一个月后，确切的消息终于传来，爸爸真的长眠在唐山了。当部队的同志带我们来到墓地时，多日的思念、惶恐，顷刻间化作撕心裂胆的悲伤，我扑倒在墓碑前……也不知过了多长时间，我发现自己躺在部队的医务室里，亲人们在旁边围着。部队的领导让我们挑些东西带回去，因为我们整个家打邮件到唐山，还没拆包就都砸在地下了。在破损的楼板下，我发现了那熟悉的草绿色的确良衬衣，这是爸爸穿了多年的衣服，上面沾满了血迹。部队的同志还递

图2 父母相拥着幼小的作者。

给我一本被雨水浸泡变色的影集，爸爸那往日的音容笑貌映现在我的眼前。我把爸爸的衬衣紧紧地抱在怀里，眼泪像断了线的珠子一串串流下来。

地震后的第二年，父亲的骨灰迁到了天津水上烈士陵园。每年的祭日和清明节，我都要到父亲的骨灰前祭拜。每当我高兴或痛苦时，第一个想到的仍是父亲。此时此刻，我才深深体会到我永远地失去了父爱！

出版说明

本系列图书编选过程中，得到了许多师友的帮助与支持，在此一并致谢！虽经多方努力，仍有部分版权所有人未能于出版前取得联络，我们将委托中国版权保护中心代存、代转稿酬和样书；也恳请相关版权所有人知悉后与我们联络，及时奉上稿酬和样书为盼。

山东画报出版社《老照片》编辑部

2018年5月